华文微经典

中国微型小说学会
世界华文微型小说研究会

主持

庞亚卿

谁是澳洲人

四川出版集团 四川文艺出版社

图书在版编目（CIP）数据

谁是澳洲人 /（澳）庞亚卿著 . —— 成都：四川文艺
出版社，2012.12
（华文微经典）
ISBN 978-7-5411-3644-3

Ⅰ．①谁… Ⅱ．①庞… Ⅲ．①小小说－小说集－澳大
利亚－现代 Ⅳ．① I611.45
中国版本图书馆 CIP 数据核字 (2013) 第 001957 号

华文微经典
HUAWEN WEI JINGDIAN
[世界华文微型小说经典]

谁是澳洲人
SHUI SHI AOZHOUREN

[澳大利亚] 庞亚卿　著

选题策划	时上悦读
责任编辑	舒晓利　王其进
封面设计	所以设计馆

出版发行　四川出版集团 四川文艺出版社
社　　址　四川省成都市槐树街 2 号
网　　址　www.scwys.com
电　　话　028-86259285（发行部）　　028-86259303（编辑部）
传　　真　028-86259306
读者服务　028-86259293

印　　刷　北京山华苑印刷有限责任公司
开　　本　650mm×920mm　1/16
印　　张　13
字　　数　120 千
版　　次　2013 年 4 月第一版
印　　次　2014 年 1 月第二次印刷
书　　号　ISBN 978-7-5411-3644-3
定　　价　35.00 元

华文微经典

作者简介

　　庞亚卿，笔名崖青，女，上海人。1996 年移民澳大利亚。曾任《澳洲日报》副刊编辑，澳大利亚中文作家协会会长。在澳洲、中国内地、中国港台地区、美国等地发表大量散文、小说、杂文、评论等。已出版作品《无背景状态》《S 城》，多部作品被选入各种文集。在澳洲和中国台湾地区多次获征文奖及文学著述奖。出席第五届、第八届世界华文作家协会代表大会，及"共享文学时空"世界华文文学研讨会。

前言

　　有人曾说，地不分东西南北，凡有人类生活的地方，就有华人的身影。话虽有玩笑的成分，但当前华人遍布世界各地，却也是不争的事实。扎根世界各地的炎黄子孙，他们的生活状况如何？他们的情感世界怎样？他们的所思所想何在？……要找到这些答案，阅读他们以母语写下的文字无疑是最好的方法之一。诚然，并不是有华人的地方就有华文创作，但在一些主要的国家和地区，华文创作几十上百年来一直薪火相传所结出的果实，显然也是令人瞩目的。遗憾的是，因为多种原因，国内的读者多年来对海外的华文创作了解甚少。尤其对广布世界各地的华文微型小说这一重要且具代表性的文体，更只是偶窥一斑而不见全貌。"华文微经典"丛书的出版，可谓弥补了这一缺憾。

　　海外的华文微型小说创作，主要分为东南亚和美澳日欧两大板块。两大板块中，又以东南亚的创作最为积极活跃，成果也更为突出。东南亚华文微型小说创作兴起于二十世纪八十年代初，各国在时间上又略有先后。最早开始有意识地从事微型小说的创作，并且有意识地对这一新文体进行探索、总结和研究，而且创作数量喜人、作品质量达到了一定艺术高度的，是新加坡和马来西亚；稍后于新加坡和马来西亚的是泰国，再后是菲律宾和文莱，再后是印度尼西亚。在发展过程中，各国的创作曾一度因具体的历史原因而存在较大的差距，但这一状况在近十年来正日益得到改善。

美澳日欧板块则因创作者相对分散，在力量的聚集上略逊于东南亚板块。不过网络的发展正在弥补这一缺憾，例如新移民作家利用网络平台对散居各地的创作进行整合，就已显现出聚合的成效。

新移民的创作是海外华文微型小说创作中近十多年来涌现出的一股新力量。尤其是近年来随着作家对当地文化和生活的日渐融入，其创作已日渐呈现出新视野，题材表现也开始渐渐与大陆生活经验拉开了距离，具有了海外写作的特质。

以上是对海外华文微型小说发展的一个简单梳理，而"华文微经典"丛书的出版，正是对这一梳理的具体呈现（为避免有遗珠之憾，丛书也将有别于中国内地写作的港澳地区的华文微型小说写作归入其中）。通过系统、全面、集中的出版，读者不仅可以得见世界范围内华文微型小说创作风姿多样的全貌，更可从中了解世界各地华人的文化与生活状况，感受他们浓郁的文化乡愁，体察他们坚实的社会良知，深入他们博大的人文关怀，触摸他们孜孜不懈的艺术追求。书籍的出版是为了文化和文明的传播与传承，我们希望这一套丛书能实现一些文化担当。我们有太长的时间忽略了对他们的关注，现在是校正这种偏差的时候了。这也正是丛书出版的意义和价值之所在吧。

目录

3

蓝山笔会

　　浅蓝色的信封，浅蓝色的信笺，是一份请柬——蓝山笔会。

　　杰克张收到它满心喜欢。他是一位出租车司机，也是澳华文坛数得上的名作家。这事有那么一点儿良性循环，开出租车，开出许多创作源泉；作家的名气又给他带来更多的生意。

　　杰克张是开晚班车的，午夜时分回家，他总是推醒睡得迷迷糊糊的妻，兴致勃勃地说他的"艳遇"：

　　今天，华灯初上时，有个特别的女孩上我的车，她并着腿，直着腰，两手悠闲地摆在腿上的黑皮包上，她的手指白皙而修长。车刚出市区，她冰凉的小手就覆盖在我去扳排挡的左手上，我的心扑通扑通狂跳起来……

　　妻睡意全退，一下子坐起身来，两眼像探照灯一样看着他。杰克笑了，我编的。妻脸上的肌肉松弛下来，又继续做她的好梦去了。

那个周末，杰克张的小说《冰凉的小手》就发表在中文报纸上，有一段文字就和上面一模一样。

妻手拿报纸，睁大眼睛，疑惑地看着他，杰克赶快摇手，编的，编的。

下一期的周报上，又有杰克一篇小说《激情时刻》，他还把妻子的怀疑，与妻的对话也原封不动地写上去，圈内人说他的作品很有生活气息。

妻连眼睛也懒得睁开，慵懒地问了一声：这回是真的？当然是编的，纯属虚构。杰克说。

妻已经习惯每每在半夜当他的第一个读者（听众），因为这是作家最有创作冲动的时刻。杰克的文思就像他开着出租车在悉尼的大街小巷穿行，快捷而畅通。他成了澳洲最有名气的作家，妻为他骄傲。

所以杰克收到这份请柬是理所当然的。澳洲的中文作家，虽说大部分还是劳力者，但只要一笔在握，仍有一股语不惊人死不休的执着，办这样一个笔会，也是大家盼望中的盛事。

蓝山，因为它的山谷中终日飘荡着一层淡蓝色的烟雾而得名。杰克张和妻儿一起去过一次。不过开笔会，这又不一样，文人，在门捷列夫的元素周期表上，个个是名列前茅的活跃分子，跟什么露西黄、安娜刘、彼得陈们斗斗嘴也是开心的，更不要说写小说了。

天公不作美，预定的那天下起了雨，不过旅行社的车是不能退的，大家也已在各自的单位请了假，彼得陈说"山色空蒙雨亦奇"。

车在雨中行驶。杰克张不但文采好，口才也一流，非常有鼓动性，建议大家以"雨天游蓝山"为题，凑上两句。于是露西黄引用元代大画家的话"山水之为物，禀造化之秀，阴阳晦冥，雨晴寒暑……有无穷之趣"，托尼胡吟诵了苏东坡的《定风波》，好不热闹。

车停了，雨也停了，山谷里却没有本该有的蓝烟，只有白色的雾气，排山倒海地漫过来，仅仅几秒钟，刚才还看得见的树不见了，隐在了浩渺烟海中；刚才还隐约看得见的三姐妹峰被雾淹没了，只留下尖尖的三个顶，像云雾缭绕的蓬莱仙境。

雾，像摆脱了地球引力的水，无拘无束地漫过来，浓重得连身边的人也模糊了，说话声音也朦胧起来。当雾退下去一点时，杰克发现他的身边站着一个陌生的女孩，也像他一样沉静。女孩穿着天蓝色的衣裙，扎着天蓝色的发带，静默在一幅叫"蓝山"的画中。杰克从来没有见过她，敢问芳名，她原来是旅行社的导游，因为作家们对蓝山的了解比她还多，她只好闭嘴了。对方听他自报家门，大眼睛里充满了惊奇和崇拜，她说她读过杰克所有的小说。

杰克问了一个近来令他困惑的问题，你知道我的小说都是虚构的吗？

她笑了，掩着嘴，眼一垂，不胜羞怯地说，当然知道，是小说嘛。你要真是这样的色狼，就不会这么写了。

杰克和他相见恨晚的崇拜者边走边谈，雨后的山道有点滑，杰克不由自主地拉住了她肩上的挎包带子，她一惊，皱起鼻子，掀起唇角，眼珠斜掠过来，招架不住的媚。

下午的座谈会就在山上的旋转餐厅里召开，她坐在门口的位置，饶有兴味地听着这些不断从作家口中吐出来的金玉良言。不过，凭良心说，她听进去的只有杰克一个人的高谈阔论。

晚饭以后有舞会，在轻柔的音乐中，她和男女作家一起摇曳着，旋转着。

旋转的杰克碰上了她的旋转，他们抬起头来，相对一笑，这笑竟有一点诡秘，有一点默契，好像有什么事要发生，要发生的是自然，是宿命，杰克有点不安。当他们终于结成舞伴，旋转在一起的时候，舞会快结束了，杰克从握在手里的小手感到了她的灼热。

第二天上午都起得很晚，因为晚上和整个上午都是作家们的创作时间。

下午，旅游车开去了珍罗兰洞。游洞有专门的导游，他头戴矿工帽，手执手电筒，大概是为了安全，开启一个洞，游一个洞；然后关闭，再进下一个。洞中有千姿百态的钟乳石和潺潺溪流，时暗时明的灯光，增加了神秘的气氛。

杰克干什么都是首当其冲的，她也在第一组。刚开了第二个洞，灯还没有亮，导游让他们等一等，他要去关闭第一个洞。杰克摸黑进去了，然后拉她一把，可能太用力，正好把她拉到胸前，杰克低下头，她正好抬起头，两片嘴唇温柔地碰在了一起。这一吻极其自然，却又好像预谋已久。灯亮的时候，他们早已恢复了平静，那个烙印变成了杰克心头的一股活水。

笔会很成功，主办单位收到的稿子，数量和质量都超过了期望值，唯独高产作家杰克没有交卷，他答应一周后E-mail稿件给主编，他这次要用心写的中篇小说是《爱情是蓝色的》。

难得不出车的夜晚，杰克先睡了，忽然被嘤嘤的哭声惊醒，妻坐在床上，背对着杰克，哭得肩膀一耸一耸的。他坐起来，扳过妻的肩，妻泪眼婆娑，怎么啦，你？杰克紧紧抱住妻，用自己的脸去抹干她的泪。

妻推开了他，杰克这才发现妻手中有他的笔记本电脑，一定是在为他整理行李时发现的，心里暗暗叫苦，嘴上却说，你哪里不舒服？我去给你倒杯水。杰克已经站起来了，妻却把他拉回来，指着他的笔记本冷冷地说，这绝不是编的！

杰克不知该说什么，静了两秒钟，妻大哭起来，原来你一直在骗我！

　　杰克知道，这下他哪怕有一千张嘴，也是说不清的了。

心灵音乐家

为了庆祝母校五十周年的活动，我们都坐回了中一时坐的教室和课桌椅。班长还是当年的班长，同桌还是当年的同桌。头发花白的我们都回到了少年时代。

会后的午餐在学校附近的大酒店，很多同学带来了自己的另一半。她从离开中学后第一次参加同学会，是多年没见的贵客，她的先生也来了，一位核物理专家。

席间不知谁说起，你怎么找了一个理工科的，他也会几种乐器吗？这才想起，因为她曾是我们班的音乐精灵，会很多乐器，小提琴拉得可不是一般的好。她曾经扬着骄傲的下巴说，将来找的对象非懂音乐不可。这是全班同学都记得的。她深情地看看身边的他，大概想起自己当年的大言不惭，哑然失笑。

那年，她在美国一个偏远的地方读博士。这所私立大学在一大片田野当中，周围什么也没有。整整四年了，除了偶尔跟父母打电话，没说过一句中国话。因为整个小城，只有她一个中国人。那时电话费很贵，也没有网络。

一个大雪天，实在连个说话的人也找不到，只好开车胡乱在大雪的荒野中从北到南地驶着。

进一个小酒店想取暖，竟看到一个亚洲人模样的男青年，而且他还主动过来问，是中国人吗？原来他是从另一个方向的小镇来的，他在那儿读博士后。

小酒店里总共就他俩，他们坐在一张圆桌旁，点了各自的饮料。乳白色的窗纱把外部的寒冷和飞雪都隔在感觉以外，餐厅笼罩在暗暗的橘红色的灯光里。带点嘶哑的乡村歌手甜蜜的歌声忽而跳荡，忽而飘摇。吉他时不时把滑音强调得令人心颤。

在她迷蒙的眼睛中，荡漾着一种深重的惆怅，好像她经历了太多的伤心往事。她说，我常想，我为什么来美国啊？

他说，我懂。我的心情跟你很像，但我们可能还要继续背负这些，我们要忍耐，要熬住，学习要继续，生活也要继续。自己的理想，父母的希望……

他们一起说了很多话，互相诉说了孤独与寂寞，全是用的中文，然后一起背诵唐诗，甚至儿歌……说着各自能想起来的小学同学、中学同学、大学同学的名字。以前不算好朋友的，现在想起来也格外亲切，就像亲人一样。

这时，餐厅里响起了摇滚，一阵疯狂的喧闹，搅散了他们的宁静。她皱起了眉头。

他说，我有真正的音乐，你想听吗？

他们逃离了那杂乱无章的声音，钻进他的汽车，打开暖气，汽车成了一个温暖小天地。他把磁带放进录音机，悠扬的音乐似风一样飘出。

哦，圣桑！

对，是《天鹅》。她学小提琴的时候练过好多次，早已印在心里的乐曲。

他们静静地聆听着流传了很多年的经典音乐。窗外没有星光，只有雪花在空中旋转飘落。好像天地之间就只有他俩存在。小提琴声轻拂着两颗孤独的心，生活总有甜蜜的瞬间出现，让世界显出美丽。

一曲终了，她问，有中国音乐吗？有。

换一盒磁带。

呀，《茉莉花》，来自她故乡的音乐。

沉醉在婉转、流畅、细腻、柔美的曲调中，一位想摘茉莉花，又怕伤了茉莉花的天真可爱纯洁的姑娘呼之欲出。心被洗得纯净，缥缈。她仿佛回到了江南水乡，闻到了茉莉花的清香。

黑夜弥漫在四野，风雪席卷着世界，在这样一个寒冷的冬夜，两盒音带伴随，他们听了一遍又一遍漂泊者辛酸的歌，开拓者的苦难心声，也有他们自己的。

天蒙蒙亮了，她发动了自己的车，在两车车窗相邻时，他们互相交换了联系地址。她往北，他朝南，但是还好，他们所在的两所大学只相差两小时的车程。

　　他们不再寂寞，感谢上苍让他们在一个大雪纷飞的夜晚，在一个人迹稀少的荒原，有了一段奇妙的相见和令人迷醉的时光。

　　后来他们恋爱了，他再也没有跟她谈起音乐，因为他什么乐器也不会，唱起歌来还五音不全。说起那夜的音乐，他说是自己仅有的两盘录音带，是妹妹塞进他出国的行李箱的。而她的车里其实有更多的录音带。

　　听了这段奇遇，我们都明白，这么多年的相守，除了他，有谁能触动她生命的琴键，叩动她内心的琴弦？这样的人能说他不懂音乐吗？

心动如水

乔颖走出火车站的白色栅栏，就从提包中掏出中文学校的地址和示意图，那是根据曹老师的电话指示画下来的。

"需要帮助吗？"

乔颖英语不好，这句话还是听懂了。只见一位身材颀长的男子，笑容可掬地站在她的面前。

她告诉他，要去周末中文学校教课，扬了扬手中的纸。

"哦，并不远，我可以顺路带你过去。"看了地址，他说。

乔颖听懂了其中的几个单词，理解了他的意思。

乔颖先把自己反复背诵过的几句话说了一遍：我叫颖。到澳洲两个月。我的丈夫读硕士。我现在去教中文和舞蹈。

看得出，他知道对方英语不好，说着一些简单的话。但乔颖依然大部分没有听懂，只能报以歉意的微笑。

能捕捉到的是，他叫凯恩。还有，他夸乔颖漂亮。

一个星期以后，乔颖再次从火车站的台阶走下去时，发现凯恩正站在人行道上。微曲的金发，深情款款的蓝眼睛。

"你好！"他用生硬的中文说。看来，和乔颖一样，他也做了一些语言上的准备。拿出一张"文华社"的卡片，他说他常去这个"普通话俱乐部"听歌跳舞。

"哪天我们一起去好吗？"

"不，不，"乔颖有点慌，"我没空。我要学英语，还要照顾我的孩子。"

"不是今天，是有一天。"凯恩小心地解释着。颖看上去那么单薄，他怕吓着她。

乔颖感觉到她和凯恩之间也许会发生什么，她甚至有点期待，可又不想它来得这么快。

在期待与迟疑之间，她有点恍惚起来。

要过人行天桥时，发现自动扶梯没有动，必须自己走。扶梯窄窄的，乔颖走在前，凯恩跟在后。

有时，乔颖要回头，才能让凯恩听清她带有中国腔的英语。快走到天桥时，乔颖因回头，脚下一绊，右脚的皮鞋突然脱落下来，顺着楼梯一直滚到地上。乔颖"啊"了一声，就只能尴尬地站着，眼看着凯恩跑下去捡她的鞋。他在捡起鞋和将鞋还给她时，都有两秒钟的停顿，重新走上楼梯时，好像还用手比画了一下。

乔颖接过鞋，一个劲地说"谢谢"和"对不起"。

接下来的两个星期六，乔颖都没有在火车站碰到凯恩，心里有一点点失落。她甚至走下那几级台阶后，在人行道上站了一分钟，等待凯恩的出现。身旁的瓶刷树上金黄色的瓶刷随风飘动，就像无数支爱神射出的箭头。

乔颖将写着自己名字和电话号码的卡片，从紧捏的手中放回衣袋，她本来是想在遇到凯恩时立即交给他的。她想，和凯恩交个朋友，练练英语会话也不错。有时又觉得愿意和凯恩接近是因为内心深处对来自异性的爱慕和欣赏的永久向往，甚至是一个做与常规背道而驰的事情的模糊愿望。

奇怪的是，乔颖竟有一点想他，即使不是星期六的下午。

又过了两周，中文学校的最后一个星期六，乔颖从火车站的检票口里取出车票，一抬头，就看见凯恩站在街道上。乔颖忽然感到她宁静而沉寂的心像少女时代一样快活地急跳。待乔颖走近凯恩，他提起手中一只"格雷斯·布洛斯"的印有一朵莲花的购物袋，从中取出一双女皮鞋。崭新的灰色皮鞋，式样很简洁，在后跟与鞋帮之间，贴着两条青灰色的有着细巧纹路的蛇皮。看上去，整只鞋就像两片细细的绿叶，托着一个含苞待放的花蕾。凯恩对满脸问号的乔颖说，鞋是给她的，前两个星期他就是在做这双鞋。他的样子一点也不像开玩笑。

乔颖接过鞋，心倏地像琴弦一样颤动起来，她惊喜地发现，本来以为随着少女时代逝去而消失了的激动全身心的情感，又被一份新鲜的感情激活了。她听人说过，西方人很现实，一请你吃饭，就意味着接下来要上床。可是凯恩不一样，上次为她捡鞋，虽算不上英雄救美，可毕竟帮了自己的忙。现在递上一双新鞋，虽然不是灰姑娘的水晶鞋，可至少他花了时间去挑选了一双式样别致的鞋。也许凯恩与别的西方男人不一样，可乔颖并不想平白无故接受别人的礼物，她想要的只是一种不食人间烟火的干净的爱情经历。

看到她喜欢这双鞋，凯恩脸上现出了暧昧的快乐。

乔颖想说，她喜欢这双鞋，但不愿随便接受别人的礼物。可是她有限的英语，也不知意思表达清没有。凯恩举起手中的信封，说他要讲的话都在信里，乔颖可以回家慢慢读。他希望乔颖告诉他电话号码，以便和她联系。乔颖赶快递上已经被揉皱的那张卡片。奇怪的是，凯恩就此与她告别，不再"顺路地"与她同行。

晚饭后回到房间，打开那只放在衣柜旁的格雷斯·布洛斯的红色塑料袋，取出那封信，对着《英汉小词典》逐句读起来。

凯恩先称赞她是个美丽又可爱的女孩，然后说他本人是一位女鞋设计师和鞋文化研究者。在与乔颖巧遇的那个星期六，无意中发现她走路时，双脚呈内八字。于是，第二个星期六又在那儿等她，打算告诉她，他设想用鞋来纠正她走路的姿势。当他得知她是一位舞蹈教师时，这样的想法就更强烈了。可是语言不通，也显唐突。却又在无意中得到了她鞋子的尺码，便回家研制了这双鞋。鞋的后跟是内侧高外侧低，在后跟与鞋帮连接的地方用两条装饰贴皮，外观来看，就没有破绽了。

乔颖读得汗都出来了，不知是因为翻译太吃力，还是因为凯恩发现了自己不雅的姿势，还是因为自己对凯恩的误解。

她取出了鞋，外表的确看不出与普通的鞋有什么不同。套上脚一试，大小合适。站起来，果然，脚尖自然略略向外，平衡了站立的重心。再走几步，果然，双脚迈出去，是直的。

凯恩的信还没读完呢，他在信里还说，希望他没有冒犯这个偶然认识的中国女孩，请乔颖试穿一段时间后，给他意见。信上再留了电话号码。并说，他也会来找乔颖，以便改进这鞋的设计，给更多走路姿势不佳的女孩送去福音。他欢迎乔颖和她的丈夫去他的陈列室参观，他收藏的鞋有好几千双，连中国的三寸绣花鞋他也有。

说来也怪，就像刚见凯恩时那么突然一振，乔颖的心也随之释然，好多好多的感觉，全在这一瞬消失。

翠西的官司

翠西家的房子在斜坡上,流线型的一长条。从大门开始有一条碎石铺成的小路通向正厅,厅里有回旋的楼梯、拱形的顶棚。屋后的阳台用雕花乌漆栏杆围起来,栏杆外的斜坡延伸出去,连上碧波荡漾的湖水。湖边靠着白色嵌红条的私人游艇。

我们七嘴八舌地称赞着。翠西笑着说,都是自己设计改建的,为此还虚惊一场呢。

当年,看了几十处房子,才买下它。然后从早到晚想着怎么改造这块属于自己的领地。买回几本室内装潢和庭院布置的杂志,继续看房子,取他们的经,心领神会后再加上自己的独创,描出一幅又一幅蓝图。接下来请装修工人大兴土木,把客厅的墙拆了,装上花格窗;在后院和地下室之间造出几级楼梯。然后兴致勃勃地在前院搭起一个暖房,把后院的阳台栏杆换成有民族特色的。

每天看着新的变化，翠西特有成就感。正忙得不亦乐乎，一张法院的传票似一帖清醒剂，让一切戛然而止，原来环境保护局指控她私自搭建违章建筑，已被告上法庭。翠西打电话告诉先生的时候，声音都发抖，眼泪嗒嗒地掉下来。

法院的邮件是中午到的，整个下午她都坐立不安，一听到汽车声，就开门去看看，希望先生尽早回家，并可以找到解决的办法。可是先生好像故意跟她作对，比平时更晚回家。原来先生下班后就去图书馆查找有关规范。结论是你即使买了这房子，它也是不能随意动土的"太岁"。任何明显的改动必须事先提供图纸，征得市政厅房管部门的同意。然后又请教了一些朋友，知道是有办法补救的，赶快找了一家高价的注册建筑师工作室，因为他可以在开庭之前将图纸审批成功。

先生办事效率很高，房管部门的批复在开庭前送进了法院，然后又度日如年地等着开庭。自从移民到美国，翠西可是从来就没有惹过什么是非啊。

尽管没做亏心事，法庭庄严的气氛也使人紧张，先生做的补救是否有效也未可知。按规定举手宣誓，翠西和先生向法官报上姓名住址。法官疑惑地看了他们一眼，沉吟片刻，缓缓地说请再报一次你们的姓名。也许是翠西的英语说得不好，于是她先生缓慢而郑重地将两人的姓名再报一遍。

法官的话真让翠西傻了，美国人再幽默也不会戏言法庭吧。看看法官的神情是严肃的，绝不是玩笑。可是他说的是"被告不是你们，此案不成立。"

翠西和先生离开法庭时还生怕法官反悔，回到家还云里雾里。这传票上明明白白写着他们家的门牌号码，明明白白写着要屋主出庭，屋主明明白白就是翠西和先生，可法官也明明白白地说，没事了，你们可以回家了。翠西觉得这一"传"一"免"都令人莫名其妙。

翠西恍恍惚惚地走进厨房，忽听先生大呼一声"原来如此！"他想起法官问过一句话：你们不是布鲁斯夫妇吗？当然不。翠西的先生姓魏，翠西姓马。

原来举报人查的是翠西他们屋里屋外大兴土木的事实，告的却是原先的屋主布鲁斯夫妇。翠西他们买了房子，办了过户手续，地区政府登记了新屋主的姓名，可是要输入房管局的电脑资料库，可能两个月还不够呢。

按美国的法律，状子上的姓名不对，地址不对，案子就自动撤销了。

真是有惊无险，不知应该感谢美国的法律还是感谢运转缓慢的官僚机构，或者是那对无辜的布鲁斯夫妇。

惊鸿一瞥

在我的博文《蹉跎青春的地方》后，有一个叫愚叟的人留言：新海农场离红星农场有多远？您能告诉我吗？

我第一次看到这个"愚叟"的来访，素不相识，这样问，定有特殊的原因。所以我回复说，这两个农场正好比邻。同时问他那里是否有什么让他铭心刻骨的人或事？

接下来，他就用邮件的方式跟我联系了。

愚叟：感谢您的回复！我虽然没去过那个地方，但这个地方曾与我有过几年的联系，今日想来，恍如隔世。

另：由于某种特殊原因，我将你的回复删除了，务请谅解。（因为博客后面的留言和回复是公开的）

我虽有好奇，但既不熟悉，又那么神秘，也不便打听。

接着我写了《细数农场生活的乐》，其中写晚饭以后，我们必须穿上高帮套鞋，以防蚊叮。

愚叟又给我发了邮件：

更感谢你，因为有一个细节，让我解开了一个谜：上海崇明红星农场，我认识一位66届高中毕业生，曾急迫地要我这个当时尚在北大的人为其尽快买到一双长筒胶鞋，因为上海此货脱销。我立即买了并马不停蹄地寄了出去。原来是蚊子咬得人难以立足啊！我不知此人是否还记得此事，更不知此人今日在何方。今天想来，恍如隔世！

崖青：你对我写的崇明农场这么感兴趣，原来是初恋女友的缘故。我想她一定记得你为她做的一切。

愚叟：是的，我们开始在大串联时的北大校园。后来"文革"中因政治原因，我被流放，自动断了和她的联系。

我从东北流放地归来，应该说处境、日子一天比一天好。我的好友曾背着我寻找这位女士，如果需要，我想给予她一些帮助。当然我也希望她生活得比我好。但所有的努力都失败了。多年生死两茫茫！

我可以告诉你她的简单情况：谢莲，1947年生，申江大学附中66届高中毕业生；1968年去红星农场苗圃。她的姐姐为北大中文系学生，"文革"中死于武斗。

你有机会，请帮我留意。

忘了她！刻骨铭心的人和事，怎能忘啊！记了她！

几封邮件来回，看到这儿，我大吃一惊。他的初恋女友，难道就是我的邻居？邻居叫谢尼亚。我知道她是申江附中毕业的，因为我就读的申江中学当年也归申江大学管，两校学生之间说起来还是亲热的。谢尼亚现在是跟一个俄罗斯人斯捷潘生活在一起。在澳大利亚，是互相不问过去的。只知道他们现在很恩爱，斯捷潘总是当着别人的面亲吻她，叫她"我的小鸽子"。斯捷潘喜欢拉手风琴，喜欢唱苏联歌曲，那些我们都熟悉的《三套车》《红莓花儿开》《喀秋莎》等。周末或节日，他们家常开俄罗斯音乐会。没有十分把握，我不知道怎么跟谢尼亚求证，怕弄巧成拙。

于是我有事没事地就跟谢说说崇明农场的蚊子，说说申江附中，说说北大中文系。在前花园浇水遇到时说，在后花园修枝时也说。谢尼亚显然怀疑，就放下手中的剪刀问我，你到底想说什么？特别是有一天，我问她，是否曾有人称她"藕"？她像被电击了一下，警惕地说，你是克格勃还是 FBI 派来的？

我就像挤牙膏那样，一点一点透露出我收藏的另一个人的秘密。

谢尼亚的确就是愚叟的初恋女友，但是她跟我说，都过去那么多年了，因为他的政治问题，她没少受牵连，痛苦的回忆不想再过一遍。并且不能让斯捷潘知道。因为他受过伤害，而且他的朋友中凡是从中国搬运了新娘，除了她，全部把澳洲的丈夫当作跳板了。

我又一点一点地把谢尼亚的意思透露给了愚叟，我告诉他，谢现在生活很好，他尽可放心，将初恋珍藏在心底最深处。

愚叟是一位语言学家，著作等身，经常去各处讲课。大概半年后，他又在电邮里告诉我，他将到墨尔本大学出席国际专业会议，只有一个下午自由活动的时间，希望无论如何能见谢一面，求我了。

也许他的执着把我们都感动了，但那唯一的一天，是斯捷潘的生日，会来很多客人，谢尼亚是绝对不能离开家一步的。

最后，算好愚叟从墨尔本到悉尼的航班，机场到我家的时间，约好他到时敲我家窗玻璃，我就到后花园，高唱一声"正当梨花开遍了天涯"，谢尼亚就把垃圾桶拖到街上，次日正好收垃圾。

"阴谋"很成功，他俩见上了。

事后，谢尼亚说，两人都很平静，问一声，"你好吗？"道一声"珍重"，然后就分手了。总共也只有一分钟。

至于那双高帮雨靴，那些年双方受的苦，还用说吗？此时无声胜有声。

博客大搬家后，很多朋友都失散了。偶尔在一个叫"秦砖汉瓦"的那儿惊悉愚叟去年在北方某大学讲学时，因突发心脏病而遽死。我没有告诉谢尼亚，免得湿人衣襟。

占卜大师

　　船轻轻离开环形码头，船下一泓幽秘的碧水徐徐向两边排开，他的心随着水波轻轻荡漾，面对着自己心仪的女人，自我渐渐膨胀起来。

　　来，我们到这边。这边人少。

　　你要知道，我在戴安娜亡命的前两年就算出她将死于非命，我跟很多人说起过。我现在还可以告诉你，我同样算出悉尼有个名女人，也将死于非命。

　　说到这儿，他伸出细长的右手食指指着水波中一个亮点，从左向右神秘地绕了一圈，好像这一圈中充满了玄机。

　　你真行！你怎么能算得那么准？

　　我主要是钻研了《周易》，这可是一本经典著作，秦始皇焚书也不烧它。它有六十四卦，卦文深奥难懂，卦文与卦象既对抗又统一。

　　啊！你真有学问。

他得意地点点头，轻柔地握住她的手。

他是一位占卜大师，在好几个城市的中文报纸上到处可以看到这样的广告词：精通易经、命理咨询、取名改名、宅屋风水、避凶为吉、婚姻预测、化忧解难、早算早成。

她也是他的一名顾客，从改名字开始，在一来二去的电话中，他知道她是一个单身女人，从前夫那儿分得不少的钱，是一个理想的追求对象。今天是他第一次约她出来同游海船。

看着她深信不疑的眼光，心头一热，一不做二不休，他又用他音调像女性一样高的声音杜撰出一个故事来。

算得多了，连西方人都慕名而来，有位史密斯太太，买房的时候，事先请我测风水，我说厨房在中间很糟糕，家里会有火光之灾，她倒是相信，只是打算搬进去以后再改建。可是住了两个月，她的儿子就得了怪病，丈夫的生意也一落千丈。她眼泪汪汪地再来找我，请我无论如何帮她设计厨房的位置。改变厨房的设计后，我还让她在客厅里设一只金鱼缸，改变了风水条件。现在儿子的病不治自愈，丈夫的生意又蒸蒸日上。

他得意地笑着，抬起右手，用手背遮在嘴前，兰花指又翘得高高的。

他说的有真有假，她却深信不疑，佩服有加。忽然想起，这游船是包午餐的，于是亲昵地碰碰他的肩，我去拿点儿吃的，你在这儿等着。

她一走开，他才发现她身后站着另外一个人，不是现在走过来的，站在这儿有一会儿了，那人把帽檐压得低低的，又把盛着午餐的盘子拿得高高的，看不清他的脸。他想起刚才的信口开河，脸有点儿热，想走开，又怕她回来找不见自己，于是将脸微微地偏开，那人却对他说了一声"Hello！"这时她端着满满一盘"手指食品"回来了。

她用叉子挑起一个牛肉丸子，给你一个，来，张开嘴。

于是他嚼着不知什么味道的牛肉丸子，拼命地想在哪儿见过这个帽檐压得低低的人。

从她身后看去，那人又进船舱里去取吃的了。在他一转身的片刻，看着他肩膀倾斜的背影，占卜大师想起来了。

应该是 2000 年年中，通过电话预约，他接待了这位顾客。顾客的身材像铁塔一样结实。他报了出生年月，单名一个颐字。他说，己丑出生，命中多水……那人粗暴地打断他，我只要算财运，只要告诉我，今年买股票好，还是买房子好。说着，爽气地将一张一百澳元大钞拍在桌子上，不用找了。

见对方凝视着自己，什么也来不及想，闭上眼睛说：买股票！

说是什么也来不及想，其实还是有依据的，这年头股票的行情见涨。

好，你说买股票，是吗？

对。这声"对"变得理直气壮。

今天怎么会在这儿遇上他，真是见鬼。买股票的命运还需要打听吗？这以后股市狂泻的消息，是早上在公园里打拳的老太太都知道的。莫非他是来找自己算账的？不知他投入了多少资金，损失了多少？说不定因此至今还住在租的单元房里。

她当然不知道他此刻的心情，又起春卷，娇声娇气地让他再来一个。

好，好。他同时从盘子里捡起一只油饺，塞进她的嘴巴，希望她住嘴。

你还没说呢，你还有哪些算准的故事。她边嚼边说，话真多。

这时他明显地听到了一声冷笑从她背后传出，不禁打了个寒战。

于是他对她说，我们何不到那一边去看看景色呢？

他们穿过船舱，来到另一边，刚站下，发现那个神秘客也跟过来了。这下完了，看来他是注定要来找自己算账了。

他装着镇定地说，别光顾说话，你看看，这景色多美。

她不知他为什么忽然避开他最为得意的话题，而且变得郁郁不乐。于是她装萌地鼓起腮帮，又吐出一口气，说你何不帮我算算，什么时候可以中六合彩？要是一句话能招来万贯家产，那才了不起呢！

但愿神秘客能忍住不发火，不要让我下不了台。今天是向这个女人进攻的关键一步，我不能功亏一篑。阿弥陀佛！上帝保佑！阿门！阿拉！

还好还好，前面就是曼利海滩了，他们约好在这儿下的。她拉着他的手，朝码头走去。只觉得背上被轻轻一拍，顿时像被拔去电源的的机器人，僵立在原地，一动也不会动了。

啊呀，我的鞋带。他假装蹲下，放开了她的手，她还是傻乎乎的一无所知，吊着嗓子叫一声，我在岸上等你。

他站起来，稍稍转过身子，煞白的脸上满是哀求的眼光，自己瘦弱的身材绝不是铁塔般高大的神秘客的对手，他到底出手了，这下要在自己喜欢的女人面前丢尽脸了。

有人约我下月去墨尔本赌场，我想请你算算赌运。神秘客一边问，一边在裤袋里掏什么，难道他有枪？还是其他凶器？

什么意思？

快算呀，今天碰巧遇上你，免得我再去你家了。

他脑子一片空白，什么卦辞、爻辞，早飞到九霄云外。人说不赌为赢，他拿定主意，用几乎听不见的声音说：不要去。

不要去？那人问。不要去！这回声音响而坚定了，劝善从不会错。

好，给你！那人放在裤袋中的右手拿着一百澳元，递过来。不用找了！他迟疑着不敢接，不知是否有诈。

嗨，有人告诉我，你算得彻底不准，反过来听正好。以前我听你说应该买股票，就去买了两栋房子，大赚啦。现在我决定下月去墨尔本大干一场。

放生

　　金融危机像个不速之客，坐到他们家的餐桌前了，刚升上经理职位半年就被"雷"，一天之间，他成了无业游民。

　　早上，刚发动汽车，又垂头丧气地返回，他无班可上，不用开车出门。邮件昨天晚上已经取了，要到下午才送来今天的。拿起电话，没什么人可联系，告诉人家自己失业了？草地刚割过，树枝刚剪过，清洁工也刚来过，家里不需要吸尘不需要擦洗。打开电视，除了新闻，没什么好看的，新闻播的正好是他的公司大批裁员的消息。楼上楼下转了几圈，最后坐到了电脑前。

　　妻子下班回家，看见他不如想象中的愁眉苦脸，坐立不安，很高兴他没有被击垮，鼓励他继续在网上搜索工作信息，寻找精神寄托。于是像往日一样，挽起衣袖，三下五除二，很快做好了晚餐。安慰他，工作会有的，不必太着急。虽然她知道他学历过硬，经验丰富，原来的职位较高，找新的工作既是有利条件，也是不利因素——高不成低不就。为了他的自尊，也不便多说。

后来他买了鱼缸，设于客厅的窗前，内养金鱼若干尾。她虽然不满意他的消极，怕他玩物丧志，但这缸鱼使人赏心悦目。鱼缸里配以绿藻青草和假山异石，使家里多了一些闲适感觉。有时也欣赏着金鱼鳍尾轻摇、锦鳞闪闪，当它一幅动的图画。

如此几周后，她下班回家不见他人影了，心想他已经厌烦闲居在家，不满足在电脑上守株待兔，而是主动出击，积极找新单位了。晚饭刚做成，他推门进来，见他神采飞扬，轻松愉快，欣喜地想，也许他二度就业已有眉目了，多问一句，他却避而不谈，也许等一切妥当再给自己惊喜。但每每如此，不禁心生疑窦。幸好自己的工作稳定，收入尚可，没有房贷，结婚两年还没有孩子，两人过日子是没有问题的。

这样的日子又过了几月，每次问他总是摇头，再问就是沉默，想帮他也无处使力。

再后来是彻夜不归，没有任何交代。她担心也气恼，深夜坐在客厅等丈夫，只有一缸鱼儿陪伴着她。

第二天准备去上班，才看见他懒洋洋地走进家门。

你昨夜去了哪里？

见网友了。男的女的？当然是女的。他回答得理直气壮，她气得浑身发抖。

你这么好的学历、经历，不知道珍惜，不找工作，自暴自弃，吃我的用我的，还背着我见女网友，还有理？

他反唇相讥：这么好的学历和工作经历，又有谁来看中？这个社会就是不公平！别人对我不公，唯有自己珍惜自己。

公司里跟他同时被解雇的同事先后找到了新的岗位，有人也暂屈居低位，期待今后的发展。可是他的珍惜竟然是放纵自己。意志先败下来，再好的过去也无济于事。

见劝说无效，发飙也没用，想想自己白天在职场拼搏，金融危机未见好转，哪天不是如履薄冰？回家还要承担全部家务。怒其不争，晚上就将卧室门反锁了。

明明听到他泊车、开门，却也不来敲卧室的门，难道缘分已尽？

周末，他照样不辞而别。偌大的客厅只有玻璃缸中几尾鱼儿陪伴她的假日。叹口气，给鱼儿加了点食，不由自主地走向小区的荷花池，看见映日荷花别样红，也看见优游自在的鱼儿。忽然联想到自己家里养在缸里的鱼，被主人自私的爱禁锢，每天有人喂食，却失去了水中畅游的欢乐。

旋即回家，端出鱼缸，将鱼儿小心地倾倒在荷花池中，鱼儿迅速跟上池中其他鱼，或泼剌戏水，或逐波悠舞，新天地，是它们更好的生存空间。

由鱼想到自己，回家就开始整理行李。

傍晚他回来了，竟也当她空气。不一会儿却传来凶暴的责问声：你把我的鱼弄哪儿去了？

　　现在她倒是心平气和了，你还记得鱼啊？是你买的，但现在哪天不是我在喂食和换水？我把鱼倒进小区的荷花池了，因为它们在那儿有更大的天地，一定更快活。

　　她拖出已经整理好的拉杆箱，说，放生了鱼儿，我也决定放生自己，你好之为之吧。

　　目送她离去，他目瞪口呆。鱼儿和她是放生了，他却放走了自己的幸福。

老印、老墨和我

我们住的小区，在西雅图的郊区，别名"印度村"，可见印度人特多，占总户数的百分之六十，中国人大概百分之三十，其余才是美国人。各家的户主基本在一个公司工作，互相熟悉，也不分种族。但各民族来探亲的老人自然形成"自己人"的圈子，上午中国家长聚会，下午印度老人集中，晚上才是美国人。异族人相见，通常互相微笑，打个招呼，没有更多的交集。只有这个奇瘦奇高的印度老人，常在中国人聚会的上午，也带着孙儿阿加西做户外活动。我遇到他，寒暄过后说，带孩子真是辛苦啊！我说的辛苦，是包括我也包括他的，觉得一个男人独自带孙子，比我更加辛苦。他却以为我是抱怨，回我一句，可是你做祖母了啊。然后安慰地跟我握握手。

一群中国的老人在旁边的秋千边上一面照看着荡秋千的孙儿，一面谈论着各家的孩子和餐桌上的菜。还有一个扁脸宽鼻厚唇黑皮肤的墨西哥人。他在收拾地上的落叶。虽然吸尘器的噪音很响，我还是感觉到他一面朝我们这边斜瞟着，一面恨恨地嘟哝着：哼，Chinese！哼，Chinese！好像"中国人"是一句骂人话。当他工作路过我们面前时，我忍不住问他：为什么这样，中国人哪里惹你了？他见我自投罗网，好像冤有了头，债有了主，抬起右脚，指着鞋说，你们中国的鞋，什么东西！poor（低劣）！tras（垃圾）！看着他眼睛里灼灼的光，我一愣，感觉脸上麻麻的，血液涌动，一阵红一阵白的。

阿加西的爷爷帮了一句腔，她是澳洲人。试图帮我扳回一点面子。旁边的中国爷爷奶奶们大多不懂英语，并不知道老墨的愤怒跟他们有什么关系。

我好歹能讲几句英语，想跟他辩辩理，给印度人一打岔，我也冷静了一些，想想该怎么回答他。我看着美国人抬起的鞋底，同情地说，还真是"中国制造"哦。

我一接口，老墨来劲了，说刚穿了一个星期，瞧，上面就裂开了。我又看了看他白色的鞋面上已经有了一些长短不同的裂缝，说，还真是。质量是有问题。然后听任他抨击了一大通。

他好像出了一大口气，挑衅似的看着我，以为我一定无言以对，甚至还能赔他的损失。

我问，多少钱买的？

贵倒不贵，八美元。

哇，这么便宜，这样的鞋在中国本地，八美元也买不到啊！

我知道，全世界的老百姓都一样，花的是辛辛苦苦挣来的钱，都希望买到价廉物美的用品。这扫落叶的老墨，天天在室外工作，日晒雨淋，够辛苦。我已经打好了腹稿。

我说，我可清楚这劣质的鞋怎么到美国的。真的。因为我以前做过这方面的工作。中国人是没有权利直接把自己的产品运到美国来卖的，就像他也不能把印度的产品拿来这儿卖一样。我想要拉住这个帮腔的。他也在一旁"是啊，是啊"地响应。方法通常是你们美国的公司对中国公司下订单，根据订单上规定——真皮还是人造革，生产厂家才去采购和订购各种材料和配件，生产过程除了中国厂方和我们进出口公司的质检，订货方也派质量监督员的。

所以，鞋子的质量和档次是由你们下订单的美国商人决定的。他们又是根据什么呢？应该是你们普通人的需要和他们的利润吧。

你看，我脚上的运动鞋，也是"中国制造"，我是在MACY（高档的百货商场）买的，要五十美元，我穿着挺好啊。我抬起自己的脚，给他看鞋子，然后还故意蹦了几下。

阿加西爷爷也笑了，他说，一分价钱一分货啊。

可是，你们那些不厚道的美国商人（BUSINESSMEN），从来不出来吭一声，不告诉美国的民众，"中国制造"的质量好坏是他们一手策划的结果。他们有不可推卸的责任。他们自己又不会穿着八美元一双的鞋，在外面割草吸尘扫树叶。还不是害了你们啊。

这下，美国人老墨一愣一愣了，他眼睛里的凶光也跌成了一地粉碎。然后讪讪地说，你不是澳洲人吗？

是啊，澳洲是我的国籍，可是我出生在中国，中国是我身上的烙印。还有，他们这些中国老人，都是美国政府的客人，你要尊重他们，礼貌地对待他们。

美国政府的客人？

是啊，他们哪一个不是拿着美国政府的签证，乘飞机光明正大地踏上美国国土的？他们退休前都是医生、教授和律师，起码也是作家。

阿加西的爷爷肯定听出了我的言外之意——在美国和墨西哥的边境，有多少墨西哥人混着混着，脑袋一尖，就混进了美国。

我接着说：他们的儿女和孙儿孙女都是美国人，他们的儿女每年都交很多税。你的家人也许还领着社会福利，其中一部分就是他们纳的税呀。

我扬了眉吐了气，老印也就差拍手称快了。

老墨嘿嘿笑着，提着吸尘器去扫另一处的树叶了，离开时嘴里还喃喃地说着 Chinese，Chinese。不过已经没有了狠劲，好像唱山歌一样。

结局

——荒诞小说

　　她在入墙柜的大镜子前，前后左右都照了，又摆出模特儿的姿势，一手叉腰，另一边的肩膀向前倾，审视着这套服装的整体效果。这么刻意是因为她对时装有一种特殊的兴趣，也因为她是去出席一个文学颁奖仪式。

　　虽说这次评奖仅限于澳洲地区，她得的也只是二等奖，可这是一个好的开端。当然，让她觉得自己肯定成功的理由是她有一颗罗曼蒂克的心，是个风花雪月的专家，几乎作家圈里的人都这么说。这对于写爱情小说，无疑是一项资产。

　　她对自己的形象挺满意，站在领奖台上，满可以光彩照人的。抬起左手看看表，时间还早，可以先去选购一些圣诞礼物，反正是顺道的。穿过客厅时，却听见书房里有些响声，回头一看，惊呆了，有个男人追着她走来。她把背靠在门上，两手紧张地握成拳头，右手攥着的车钥匙，此时的感觉就是一把枪。

你是谁？

别紧张，我是杜小撰啊。

哪个杜小撰？你怎么进的我家？

我从那儿来呀。他回身指指书房。

顺着他的手指看过去，才发现书房里的电脑还开着，原来他是她在写的一篇小说中的男主角。她小说中的男主角都用同一个名字：杜小撰。

杜小撰，杜小撰，就表示是杜撰出来的人，你怎么可以出现呢？

杜撰是杜撰，杜小撰可就不是杜撰了。他说着抬起右手，将额前一缕柔软的黑发捋上去了。这么熟悉，是她为他设计的一个习惯动作。看看眼前的他，饱满的额头，两眼炯炯，有一种目中无人的神气，是她亲自塑造的一个人物。

你要干什么？她绷紧的神经放松了一些，口气也软了一点。

我，这个冒出来的杜小撰又捋了一下他耷拉下来的黑发，你别紧张，我只是想要一个好一点的结局。

什么结局？

杜小撰又回头指着书房里的电脑，你没有给我一个好的结局。

她记得稿子的最后她写着：下雨了，一阵阵沙沙的雨声，有如一个巨大的沙漏在滴着时间的沙。

这是一个没有明确结局的故事。

我后来到底怎么样了？就这么不明不白地结束了，我心里不舒服。

我以为没有结局也是一种结局。

话可不能这么说，我的命运可是掌握在你的手里。

她淡淡一笑，你错了。要是这样，福楼拜就不用哭他的包法利夫人了。

什么福楼拜、包法利的，我不管。我只是希望你动动键盘，改一改，不要让女朋友弃我而去，或者你可以再写下去，让我时来运转。如果你同意改，我可以为你付出版书的钱。他说着就掏出了支票簿和笔。

她冷笑一声，艺术的良知是不能用来做交易的。你别来纠缠我。

忽然想到，让他别纠缠非常容易，她推开他，疾步入书房，很快按几个键，电脑的屏幕暗了，杜小撰也消失了。

她不可置信地摇摇头，叹了一口气，科技发展到这一步，作品中的人还可以出来讨价还价。

一阵掌声中，享誉海内外的前辈作家给她颁了奖，还合了影。结识老作家，得到一位良师，这是比得奖更让她高兴的事。她甚至有一种冲动，要把出门前发生的怪事告诉他，让他评评自己这样设计作品的结尾有什么错。

颁奖晚宴之后，外面已是繁星点点。坐在汽车的挡风玻璃后面，万物缓缓后退，她不再像往日那样有澄明的心绪和瞬间的灵感。

想起下午杜小撰从电脑里走出来的一幕，心有余悸，回家后再不敢启动电脑。转而又想，如果小说里的人都能从屏幕上走下来，也是一件有趣的事。这就是说，她可以随心所欲地与自己创造出来的那个世界里的人见面和谈话，真能那样，可要好好感谢那些 IT 业的精英了。

于是喝完咖啡，换上睡衣以后，她又坐到电脑前，想了一想，还是打开了那个文件《有梦有歌》，那是一个女大学生暗恋老师的故事。希望能见见她塑造的另一个杜小撰。可是手中的鼠标器滑来滑去，键盘上的每个键都按了一遍，屏幕上的字还是一个个规规矩矩地守在原地，她失望地叹了一口气，关了电脑。

迷迷糊糊中，《有梦有歌》里的杜小撰也出现在她的书房里，依然颀长清秀，眼睛大而黑，他瞪大了它，有一种溢于言表的惊异。

嗨！你好。别来无恙？

你好。

总算找到你了，你写《有梦有歌》的结束太模棱两可了，后来我到底为什么和那女生分手？照片上的其实是我的妹妹呀。

40

你为什么要问后来，留下我的纯真，你的青春不是一件很美的事吗？

可是有一个美好的开始，当然应该有一个美好的结局啊。

你错了，她轻轻推他，却扑了个空。原来是在梦中。

真是奇怪，电脑中出来的杜小撰要她改结局，梦中的杜小撰问她要结局，可是评委们都说，她的得奖小说，好就好在有一个别致的结局。

相遇、相识、相知……她的小说的开端都是这样写的。

那么后来呢？相别？相思？可是他们还要问，后来怎么样？总不能都像王子和公主一样，办了九十九天的酒席，然后他们快快乐乐地生活在一起。

多么希望在一个宁静的夜晚，有一条漫长的路，仿佛永远走不到边缘。就这样漫不经心地走下去，走下去，当所有的情节一一走完，那便是结局了。可是还会有人问"后来呢？"

其实古往今来多少凄楚动人的故事之所以百世流芳，正是因为它们永远不会有什么结局。

或者，那便是最完美的结局。

推开窗户，清晨的空气令人神清气爽。

她坚信，自己写了最好的结局。

讲义夹失落以后

　　不知该说女儿像我一样大大咧咧，还是该说女儿和我一样遇到了好人。刚到澳洲的一个周末，我在麦当劳快餐店丢失了钱包，几小时后失而复得。上星期女儿把讲义夹遗忘在火车上，两天以后又完璧归赵了。

　　说起女儿的讲义夹，可是比我的钱包更值钱。女儿上十二年级，高考在即，所有重要的复习资料、课堂笔记、试题集锦、学习总结都在这个讲义夹中。当她走出车厢，感觉手上少了一样东西，猛然想起这只包罗万象的讲义夹，这时车门已经平稳地合拢，她急得直跺脚，真是非同小可的一件事！和她一起下车的老太太和蔼地对她说："别着急，孩子。火车已经开了，你是追不上的。但是你可以请车站的售票员帮你追。"感谢这位可爱的老太太提醒，女儿告诉售票员，这个讲义夹对她而言何等重要。高个子售票员马上收起笑容，换上跟她一样着急的表情，即刻给前方车站打电话，车已过了。再打前一个站，追上了。可是，那里的车站服务员到火车的第二节车厢（女儿曾坐的那一节）找遍了所有的座位，问遍了所有的乘客，没有找到那只厚厚的黑色讲义夹。火车为此多停了一分钟。高个子售票员拍拍女儿的肩说："别担心，孩子。我再打电话到本次列车终点站，让他们再仔细找找所有的车厢，兴许你记错了自己坐过的车厢。我还会发传真到沿途所有的车站，有任何消息我会马上通知你。我还会在传真中说明你的讲义夹多么重要。"

女儿留下家里的电话给高个子售票员，十分沮丧地走出火车站。后来她想起，在讲义夹里有一个电话号码，是同学为她介绍的家庭教师，也许捡到讲义夹的人会发现这个号码，找到这位英语辅导老师，于是打电话给这同学，同学一口允诺为她去询问。并说："让我们一起来想想补救的方法。"消息传开，好几个同学在电话里安慰她，一个说："我的笔记明天全部带来，让你复印。"一个说："复习资料可以请老师再给你一份。"一个说："我爸爸叫你吸取教训，以后在个人用品上都要贴一张纸条，写上姓名、电话、地址。"还有一个同学说："我见过你的讲义夹里有一张纸片，写着我们的校名，也许上帝会派一个天使，送来学校。"

一个讲义夹对别人毫无价值可言，对我女儿却是性命攸关的事，由于来澳洲只有一年，为了适应当地的学科设置及毕业会考，为了缩小在英语学习上的差距，她一直坚持笨鸟先飞，以勤补拙，比别人多花几倍的时间，做阅读摘记和英语写作的练习，她的老师和同学都深知这一点。老师们也为她惋惜不已，可是化学老师胸有成竹地说："捡到的人一定会想方设法送回来，我有充分的信心。"数学老师从电话簿上查出悉尼失物招领处的号码，英语老师马上热情地为女儿打电话去询问。

老师们重新给了她复习资料，同学们纷纷把自己的笔记借她复印，他们说，也许我的笔记不如你记得好，但至少也有个参考，节约你一部分时间。而火车站那个高个子的售票员，则每一次看到她，都抱歉地摇摇头，似乎他有责任找回那个讲义夹。

两天以后，在一堂物理课上，学校总务科的老师将这只牵动多少人心思的讲义夹送进了女儿的教室。老师说："愿望变成了现实，你可以省下许多时间。"同学们七嘴八舌说："该做的补救她已经都做了。"老师想了一下，又说："那至少，可以增强你对生活、对这个世界的信念，是吗？"

谜一样的邻居

沙，沙，沙，窗外传来轻轻的扫地声，我悄悄地拨开窗帘的一角，又是他，我们的邻居亨利。

他是个高个子，宽肩膀的男人，因为扫地，他的背佝偻着。在悉尼冬天的风里，他金棕色的头发稀疏地耸在脑门上，一件灰色的薄呢上衣被风吹得飘飘逸逸。

澳洲的冬天不冷，温暖的气候使树木四季葱茏，可是我家门口这棵瓶刷树却是例外，一有风就簌簌地抖落下它满枝的枯叶。亨利的房子在拐角，门开在另一条街，可他已经数不清有多少次为我们清扫门口的落叶，每当这时，我总羞愧得不敢开窗，不敢出门。

可是，亨利曾是一个谜。

刚搬进这房子的那天，我看到在前花园侍弄花草的亨利，就自报家门地和他打招呼，他直起腰，冷冷地回应了一下。

很快就要到圣诞节了，应主动和新邻居们搞好关系。左邻是一对意大利夫妇，我们送去贺卡和礼物时，他们也早已准备好糖果和布娃娃给我的女儿。亨利来应门时，客气中带着冷漠，就像一个玩得正高兴的孩子被毫不相干的事打扰了。他堵在自家的门口，接过礼物，道了谢就兀自进了屋，连他的脚步也透着几分傲慢。

我们是近邻，抬头不见低头见的，独住的亨利语言非常吝啬，不像其他澳洲老人那么爱聊天。就是那一声"Hello"好像也是出于无奈才勉强从嘴里吐出来的。我猜想是因为他的英格兰血统而有高人一等的优越感。我们的原则是不卑不亢，他的信被错投到我家，就给他送回去；拖回空垃圾桶时，顺便带上他的。可要是谁看不起我们中国人，我也决不用贱卖我的尊严。

也许算作回报，亨利往我家后花园扔进一捆旧皮管，大概是看我们前后花园合着用太不方便，找出多余的送我们。奇怪的是，他看到我走去后花园，马上像没事人似的，低下头，走回屋里。平时见面也从不和我们说话，除了礼节性的问候，连看也不多看我们一眼。

和这个谜一样的邻居过着相安无事的日子。有天，我们从外面回家，发现亨利的红色小车停在我们两家合用的车道上，这是从来不会有也不该有的事。正在奇怪，看到车门被推开了，亨利从里面跨出门来，他高大的身体还没有站直，一个趔趄，倒下了。我们三步并作两步地跑过去，扶起了他。他睁开眼看看我们，马上又闭上眼说，头晕得厉害。记得自己还失去知觉一小会儿，醒来，刚跨出车门又晕了。他脸上一扫那种拒人于千里的傲然神态，脸色格外苍白，掩饰不住的紧张和恐惧明显地写在那一片不均匀的小红点上（澳洲人太爱晒太阳，脸上晒出许多小红点）。他停顿了一下，意识到自己失去了平日的冷静和矜持，抹去额上渗出的汗水，深深吸了一口气。

我先生二话没说，就驾车送他去了医院急诊室。等先生回来才知道，亨利只是因为鼻炎引起中耳炎，导致平衡机能失调，可是想到他独自生活，会忽然昏倒，我们还是担心不小。

第二天，我们提着水果去探病。按照澳洲人的习惯，我用苹果、香蕉、猕猴桃，拼出一只色彩和造型都赏心悦目的小篮，写上祝他健康的卡片，按响了邻居的门铃。

亨利脸上堆着笑，借助落日的余晖，我看到他瞳孔中射出几道柔细的黄光，同他稀疏的黄发十分相配。

他请我们进去坐，我却自尊地犹豫了片刻。

他的客厅收拾得整洁美观，东方地毯上站着欧洲式样的沙发，中国明清风格的红木玻璃柜里放满了洋酒。我一下子糊涂了：他是喜欢中国文化的？真是一个谜一样的邻居。在沙发上坐下，茶几上的两张照片又引起我的注意，两个都是中国人，一个是身穿美军军装的小伙子；一个是笑得很甜的姑娘，她身边站着亨利，他每一条皱纹里都荡漾着幸福。

见我看着那两张照片，亨利搅动着杯中的咖啡，缓缓讲起了故事。

那个穿军装的小伙子叫阿伦，是20世纪30年代随英国蓝烟筒轮船公司来澳洲的，那时在澳洲的土地上极少见到中国人。阿伦在一家面包店当伙计。一天亨利的母亲买了面包，却将钱包忘在了柜台上。阿伦为了找她，放弃了几天喝茶和吃饭的休息时间。亨利的父母很赞赏这个小伙子，阿伦成了他们一家的朋友。后来阿伦在美国的海军中服役，不幸葬身在"二战"的炮火中。这是阿伦最后的照片。和阿伦的友谊，使亨利一家迷上了古老的中国文化，真希望再有一个像阿伦那样的朋友。

机会来了，十二年前，成千上万的中国留学生涌入澳洲，他们是来学英语的，也是来看世界的。善良的亨利开车送过迷路的中国青年，也帮助他们指路和找工作。后来，认识了珍妮，亨利指指照片上的女孩，喝下一口咖啡，又说，她是我的前妻。然后是长时间的沉默。

不用他说，我也想象得出这是一个什么样的故事了。果然，年轻貌美的珍妮用猛烈的爱情攻势，和亨利一起走进了神圣的教堂。西方的浪漫让珍妮陶醉，东方的神秘为亨利打开了另一个世界。可是，好景不长，珍妮有了澳洲居民的身份，又用亨利的钱读完了硕士课程，温柔的小羊羔变成了凶猛的母老虎，接着就是离婚，为了分财产，亨利卖掉了一幢有海景的房子，换成现在这幢小的。

亨利再次抬起头时，他的眼睛有点奇怪，有着两团碧莹莹的不肯熄灭的火焰。

大家都没有说话，一切种族有着相同的道德标准，人类的美德是通向民族相融大门的钥匙。我也终于明白亨利曾经对我们的戒备和冷漠。

后来，亨利就常常帮我们割门前人行道上的草，扫马路上的落叶，就像换了个人似的，一见面就主动热情地打招呼，从天气谈到电视节目，他风趣的比喻似有着无穷无尽的源泉。

旅伴

十七岁那年我在农村"修理地球"。时遇农闲，决定回家看父母。

乘上东进的列车，我已归心似箭。

我的座位是临窗的，行李刚上架，人还没坐稳，一个像小山似的胖女人，一屁股落在我的旁边。一下子，我的地盘被她侵占了三分之一。她似乎没有意识到我的厌恶之情，两句话后，就打听我在哪里插队，一个工分挣多少钱。还奋力急摇纸扇，把满身呛人的汗酸味，扇给我"分享"。我心中恼火，却不便发作。只觉得这个旅伴俗不可耐，于是转脸向着窗外，装着看风景，紧闭双唇，拒绝和她聊天。

我无所事事地数着窗外飞驰而过的树木，觉得邻座得寸进尺地向我的疆土扩张，她那小山似的身躯毫无顾忌地向我压下来。她灰不溜秋的衣服上的斑斑汗渍活像一片片"盐碱地"，怕它们殃及我的白衬衣，我把整个身子转向窗口，让背挨着她，再把旧报纸垫在背上，这样，她身上的"盐碱地"就和我的白衬衫隔离了。然后我用背顶她，希望她自觉让开。可是她一点也不自觉，无论我怎样明顶暗撞，她自岿然不动。听着她发出均匀的鼾声，不知她沉浸在什么梦境中，紧闭梦门，无动于衷。也许是车厢里太闷热，也许是妒忌她睡得太香，我愤中生智，突然站起身，把胖女人闪倒在我的座位上。周围的人都笑了。

胖女人大概在梦中是从悬崖上滚落下来，睁开惊恐的眼睛，艰难地支起小山一样的身体，转头看看我，眼神中并没有责怪与愤怒，反而现出一份难为情，然后低下头，玩弄着自己胖胖的手指。

我沾沾自喜。在单调的车轮滚动声中，困意开始袭来，渐渐地，我好像躺在一片清凉的湖面上，随着荡漾的水波悠悠地摇晃着。忽然看见岸边的父亲母亲，笑吟吟地向我招手，我奋力划动双臂，扑倒在母亲怀里。

当我从梦中醒来，才知道我的头并不在母亲怀里，而是实实在在地靠在旁边胖女人的胳膊弯里，整个身子都斜在她的胸前。她用另外一只手轻轻地给我扇着风。窗外天色已暗，我这一觉睡得够长的。我没有说对不起，也不屑于表示难为情，装模作样地坐坐正，告诫自己千万别再合眼。并暗自庆幸她没有回敬我一闪身，让我当众出丑。

车到一个小县城，忽然听到"紧急报告"，前面铁道有故障，列车将就地停驶。车厢里顿时乱了起来。胖女人说她的目的地就在此处，再乘几站长途汽车，就可到亲戚家。好像怕人发现她的秘密，边说边朝我这一边侧过身，从裤袋口取下别针，摸出一个手巾包，小心翼翼地展开，里面是几张零钱，她说正好能买一张车票。她把钱紧紧地握在手里。

全车的人提包的提包，挑担的挑担，纷纷挤下车去。拥挤中那胖女人又踩了我的鞋后跟，我回头狠狠地瞪了她一眼，心想她凑什么热闹，也跟我们走远路的抢，真自私。她却浑然不知。

我只好改乘一段水路，这样到家要晚一天。待我买好船票，想去给家里发份电报，免得父母到车站接不到我干着急。拟好电文，走到窗口，才发现钱包不见了。一定是刚才挤进挤出买船票，被扒手趁机了。此时我一文不名，还有一天一夜的水路，行李中只剩下三根香蕉了，还有就是生的花生和黄豆，这一路上要多喝一点水，才不会饿死。至于我的白衬衫早已有了几只黑乎乎的手印，那是买船票的时候，被后面的人推的。我的样子一定十分狼狈。

我哭丧着脸，走出小小的邮电所，不期然又遇到了那个胖女人。她一手提只大篮子，一手挽着大包袱，手捏得紧紧的，正在邮电所旁边等汽车。一辆车刚驶过，没有停，只见车后漫天的尘土。等车的有人踩脚，有人骂娘。胖女人见我就问船票买到没有，为啥不高兴？我明知跟她说毫无用处，她既不能帮我抓到小偷，又无钱借我，加上我之前的不友好，也许还幸灾乐祸，但举目无亲，有个面熟的人说说也好，就扬了扬手中的电报纸，说遭遇小偷，发不成电报了。随手将纸揉作一团，丢在路边。她跟上一步，安慰我说，不着急，会好的，要小心看好自己的行李。又自言自语地说，像我大妞一样，丢三落四的。前一句话还受用，后一句又引起我的反感，我再穷也不愿做她的女儿，万一遗传了她的身材，我一辈子都不会高兴。

在船上的二十来个小时又饿又急，想想父母按原来的车次去接我，听到故障误点，不知会有多担心。想想自己身无分文，连回家的电车票也买不成，市内电话也打不了，难道提着行李走回去？我家离船码头可是够远的。又想到自己小小年纪就出门在外，远离父母，心酸得两眼模糊起来。

走出码头，却意外地看到来接我的父母，惊奇地问他们能算会掐还是大脑电波可以传达信息？父亲说，你不是发了电报，我们按电报上说的办理。

电报？我的电报纸早已扔在那个小县城的邮电所门口了。难道它会自行跳上柜台？即便如此，邮局也不会免费发送这份电报啊。我在那地方可是没有一个熟人的。

莫非是她？眼前出现了那个胖胖的身影，她说过不用急，会好的。可是她手中紧紧攥着的大概只有几角钱，只够买一张汽车票，或者也够发一份电报。那么，她与汽车无缘了，几十里山路就只能靠她的两条腿了。她身上的那片"盐碱地"不知又要多生产出几多盐分。

可是，我给她的只有一闪身，一瞪眼，还有一份讨厌和轻视。我没有办法对她说声"谢谢"，茫茫人海中，要再见恐怕是不可能了。

三十几年了，每当我又要踏上旅途，总会想起她，我的一位不知名的旅伴。

中奖

梅中六合彩了，而且是头奖，1700万的大奖。

开奖的那天晚上，梅坐在电视机前看直播，她看着自己的彩票，喊出第一个数字"8"，果然"8"字号码球应声滚落，第二个号码球正待落槽，她又喊了一声"11"，掉出来的果然是"11"。梅好像有什么特异功能，落下来的数字都是她彩票上的前几位，这样她"喊"出了一个大奖，一家三口高兴得又唱又跳。梅是第一次买彩票，可谓福星高照，额头碰上了天花板。

三个人当中梅还是最冷静的，她止住丈夫和女儿说，我是代表工厂里九个同事一起买的，我们只能得九分之一。丈夫马上拿来计算器，1700万被九一除，液晶格里跳出1888888.88，无限循环的"发"，是一个非常吉利的数字。女儿说，我们可以得到1888888元，我们是百万富翁啦！妈，你说我们该怎么花这188万？

自从买了六合彩，梅已经和工友们无数次地讨论过，成了百万富翁怎么办，深思熟虑的结果是买一幢悉尼东区海滨的房子。她的想法得到了丈夫的支持，对，买房子，住进富人区，那感觉就不一样。梅问，那我还要去车衣厂上班吗？当然不做了，你的颈椎不是经常痛吗？我们买一家店，做自己的生意。他俩谈得起劲，女儿在旁边不满意了，爸爸妈妈，难道没有考虑让我进一所高级的私立女子中学吗？怎么会，每年学费不就一万多澳元嘛，毛毛雨。全家兴奋了整整一夜。

　　第二天，梅去厂里，和她一起买六合彩的同事固然高兴，其他同事也喜气洋洋，工头给梅的活是平时最抢手的那一种，买股票亏本的安吉拉，正在失恋的艾林，儿子今年要考大学的薇妮都到梅的衣车旁，想和她握握手，拥抱一下，沾沾她的好运。

　　喝早茶时，一起合股买六合彩的文迪拿着地区报进来，说全澳有十三组同时中了大奖，每组只能得 130 万。热烈的空气急速冷却下来。梅镇定一下，接过文迪手中的计算器，一按，每人还可以得 145299 元。虽有遗憾，但想想仍然不错，梅很快就心理平衡了，盘算着，这 14 万也要自己和丈夫苦干三五年呢。富人区的房子是买不成了，把现在的公寓换一套 House，还是有实力的。房子的问题就这样解决，女儿的私校应该也没有困难。不过，这工看样子还要打下去，她随手摸了摸僵硬的颈部。想着想着，梅机器上的衣服像她的思绪越走越慢。

下班后，梅特地弯道去谢谢那个书报亭的老板，这组中奖号码是他建议的，虽然有十三组撞车，还是来之不易。老板还记得梅，很远就叫着"同喜"。书报亭里人很多，梅仔细听听，有人是来取经的，有人也说自己运气好，老板告诉梅，买了他建议的号码组合的，共有24个人。梅这才想起，她中的虽然是前六位，买的却是一大片数字。这么说，大奖被13等分以后，还要被24等分，每份为54487元，老板说依然可喜可贺是不是？老板哪里知道梅还是和九个同事合股买的。梅的情绪就像插进雪地里的温度计，一下子降到了零点。

回家后，再按一下计算器，自己只得6054元，房子、小店、私校全都成为泡影，丈夫和女儿不知会怎么失望呢。

还是女儿说得好，妈，你不是就买个运气吗？6054元，够我们全家去新西兰旅行一次呢，因此，Still happy！

理解万岁

　　出差回来，走出机场，仰望悉尼令人心醉的蓝天，我的心情像这天气一样晴朗。为了给父母一个惊喜，我没有告诉他们返程的航班。一招手，一辆红色的出租车停到了我的身边。

　　车上的座椅铺着白布，格外洁净，淡淡的清香充满车厢，收音机里放的是我喜爱的莫扎特。

　　快车道上的车，像吸铁石上串联的钉子，一根紧衔着一根。车停了，司机换录音带，脸转过时，我发现这张脸非常面熟，这是一个壮实的中年汉子，他的脸饱满得没有一丝皱纹，一副安详满足的神态。忍不住偏过头去看他的执照，这就对了，是他，他有个奇怪的姓。

　　我认识他，因为两年前，我曾经遇到他。

　　那天我因为一门功课的考试成绩不好，学校取消了我下一学期的助教工作。回到家，正好父母有客在，我草草地与他们打个招呼。

不一会儿就坐下吃饭了。席间有个叔叔问我关于他儿子报考大学的事，我心情不好，就对他说，我也不太清楚，你们去学生处问吧。他又问我哪一天是大学开放日，我说我也不知道。他倒没什么，我爸就不高兴了，说你这是什么态度，考大学时成绩好一点就了不起了吗？谁都有需要别人帮助的时候。瞧他说的，我哪有资格了不起，自己的成绩就不好。我真希望有人帮助我，可他们帮得了吗？

　　我低下头，面前的一碗汤里出现了两个小小的旋涡，然后越来越多，越来越急。妈又在一边说，吃饭不许哭，哭着吃是不长肉的。弄得一桌子的人都知道我哭了。

　　我站起来，离开桌子，大家都看到了，也都装着没有看到。一离桌，一掉头，才放心爽快地让所有的眼泪都流了出来。我觉得自己像那个卖火柴的小女孩，人家有烤鹅，有圣诞树，有欢笑，有亲情，我什么也没有。眼泪流得太多，简直看不清进房间的路。进了房，我顾不得擦满脸的泪痕，立刻将壁橱移开，拉出放在最下面的旅行袋，拉开拉链，又转身打开衣柜，拿出自己的衣服，不分冬夏一起塞进旅行袋，同时塞进去的还有眼泪、气恼、决心。

　　拉上拉链，抹了眼泪，虽然胸口起伏着悲愤，头脑却清醒了一点，到哪儿去呢？在澳洲没有亲戚，父母的朋友正坐在客厅吃饭，去同学家，自己优等生的形象不就毁于此举。我何以变得走投无路。最后，我把满满的旅行袋踢进床底下，背起书包，扑进了一片暮色。

我漫无目的地走着，看看快到学校了，才知道自己已经走了有两三个小时了，周围没有人，只有飞驰而过的汽车。忽然一辆红色的出租车在我身边戛然而止，脚也酸了，天也黑了，我身不由己地坐上车。司机问了一声去哪里，我话没出口，眼泪又没道理地流了下来。

"是离家出走的吗？"

"你怎么知道？"

"一看就知道。我开了十多年车啦，看客人的脸色就知道有问题。"我用手背把流到鼻凹处的眼泪抹干了，吸吸鼻子，止住哭。

"是和父母斗气吗？什么事，说出来我听听，也许我能帮帮你。"

我嗅着他车里淡淡的清香，听着舒缓的音乐，看看他那张十分饱满的脸，眼睛是真诚的，嘴角是温和的，不像坏人，倒像一位和善的叔叔，就把当天发生的事，学校的，家里的，都跟他说了。

他沉吟了一会儿，语速极慢地说："你的父母不知道学校发生的事。他们是为你好，可是不应该当着客人的面教训你。父母和孩子之间多一点互相理解才好。你一走，你的父母不知有多着急呢！两年前，因为女儿和不良青年交朋友，我一气之下，打了她一巴掌，她一走就再也没有回来。我急得头发都白了，我太太哭得眼睛都快瞎了。你不知道我有多后悔，一天一天只盼着她回来。天下父母对儿女的心都是一样的。"

我望着他斑白的头发，好像看到它们正一根根变白。他的话像一只温暖的大手轻轻抚平了我心里的疙瘩。

我不要，哪怕父母再训我，甚至打我，我也不要他们急白了头发，哭瞎了双眼。他们现在怎么样？也在为女儿出走着急吗？父母也是需要理解的吗？我的父母。

我渐渐平静下来，从窗外一闪而过的火车站灯箱，知道车离我家不远了。我未曾说到哪里去啊。司机说他之前在这条路上看我边走边哭，没想到做了几单生意，又在大学附近看见我，还在哭，必定有不寻常的事。我说出具体地址，车很快停在我家门口。当我想起该付车费时，车已开远了。

"你还记得我吗？"想到这里，我红着脸问他，又将两年前的故事讲了一遍。

"哦！"他浅浅地一笑，"你的记性比我好。客人实在太多，我隔两三天就会遇到离家出走的孩子。"

"你找到你女儿了吗？"

"我女儿？她从来没有出走，天天在家里啊。"他早忘了自己编的故事。

我心情无比轻松地下了车，挥手与他道别，心里也在祝福他：好人一生平安。

中西男女

有一天与几个朋友在中餐馆共进晚餐，其中雷昂和琳达是我的澳洲同事。当服务员把我们点的生猛鱼、蟹从玻璃缸里提出来，请我们验明正身时，琳达还没有搞清是怎么回事儿，雷昂却把头别在一边，他说，我很喜欢动物的，我不忍心，我快哭了。他挤了挤眼睛，我看根本没有眼泪，但多少有点尴尬，万一他的鱼道主义、蟹道主义精神大发扬，拂袖而去，岂不扫兴？于是我开导他说，有些动物生来就是给人吃的，人类为了更好地生活，必须养殖和捕杀一些动物。当鱼和蟹再次出现在我们面前时，已经变成了色香俱佳的美味，雷昂左右开弓地吃起来，还不忘称赞一下中华美食，一口一声"Very nice"，"Very nice"，一直到鱼蟹的一部分变成了他的腹中之物，和刚才伤心欲哭的样子判若两人。

我心想西方人就是喜欢做表面文章，而且很夸张。边吃边谈，从中西饮食谈到中西文化，又从中西文化谈到中西男女。我告诉他们，在澳洲有一些中国女士认为西方男人比较浪漫，结果惹恼了中国男士，还引起不大不小的辩论。

雷昂放下手中的蟹钳，说西方男人其实是很自私的，他们的浪漫不会长久，只是一种手段而已，结婚以后就不再浪漫了。真要说浪漫，还是英国男人比较绅士。

不过琳达不同意，至少她的丈夫不仅恋爱时专门给她小惊喜，婚后也还是浪漫的。我们请她举个例子。她说有时他会买一束花或巧克力，如果先回家，会放上她喜欢的音乐。至于"亲爱的""宝贝""甜心"那还是丈夫每天对她的称呼。在她生日那天早上，一睁眼，丈夫竟然含情脉脉地跪在她的床前，双手托着只紫红的丝绒盒子，里面放着一条闪闪发光的项链。

雷昂问我们，中国男人难道连这些也不会？

当然不是！我可不想说"含蓄是人类的美德"之类的话自欺欺人，我一定要为自己的丈夫和父兄们，也为我们自己争回一点面子。我说大部分丈夫记得妻子的生日，会送她们生日礼物，一件新衣或者一条丝巾。至于巧克力，中国人的胃不太合适；鲜花嘛，还是吃一顿更加实惠，自己人还是别花那个冤枉钱。

这时我的脑子里争先恐后地涌现出无数模范的中国男子的事迹，比如说上海的围裙丈夫，台湾的新好男人，很多很多。但我能讲一个丈夫十年如一日悉心照顾病妻的感人事迹，却讲不出琳达丈夫那样浪漫甜蜜的小故事。得讲最普通的最普遍的，才能镇住他们，眉头一皱，计上心来，我就问琳达，你丈夫的钱都给你吗？

她的眼光顿时暗了去，耸耸肩，摇摇头。我就骄傲地告诉她，中国丈夫的钱一般是全数交给妻子的。不知道这跟巧克力和鲜花相比，什么更令她动心。我说话的声音明显高了八度，甚至吸引了其他食客的目光。我抱歉地笑笑，放低了声音。

不可能，除非猪会飞上天！她大叫起来。我底气十足地回答她的疑问，怎么不可能？事实就是。旁边的女同胞珍，也扬扬得意地说，我们家也是这样的。看得出，她好佩服我的聪明和反应。琳达一下子变成一盆蔫了的花，耷拉下脑袋，叹了口气说，看样子，我要考虑换一个中国丈夫。

我又得寸进尺，问他们，西方人眼中的中国女性怎么样？

雷昂眼珠一转，坦白地说，找女友，我喜欢西方的，她们热情奔放而且自信性感；中国女性很适合当妻子。为什么？中国女子贤惠，能干。我听着不免暗暗喜欢这恭维话。想不到雷昂在"但是"后面大做文章：但是如果结了婚，钱要全部交出来，我还得想一想。

大家笑他假惺惺。我说你别后悔啊，虽然中国女性在家里的地位挺高，是家里的 Big boss，但同时，在家里，每一个当妻子的，首先爱孩子，其次爱丈夫，最后才想到自己。比如我，还有旁边的中国同事，还有很多很多中国的女子，全都一样。

这时候，雷昂和琳达一起瞪圆了眼睛，异口同声地说，真有这事儿？在澳洲，人人都是首先想到自己，决没有例外。

走出餐馆时，我还在憧憬着，在我哪个生日的早晨，丈夫也能含情脉脉地跪在我的床前，双手托着一只紫红的丝绒盒子，里面放着一条闪闪发光的项链。

真假SANTA

圣诞节前夕，身穿红衣，满头银发，一脸白须的圣诞老人就会背上一个装满礼物的大背包，送给各家各户的乖孩子。

女儿一家从美国来澳大利亚过圣诞，我们搬出闲置几年的圣诞树，还新买了彩灯，将家里布置一新。四岁的外孙女是第一次过火热的圣诞节，兴奋地围着圣诞树又唱又跳。

邻居玛丽来了，手里还提了个漂亮的礼品袋。玛丽掩不住喜气地让我外孙女打开她送来的礼物袋，看着小姑娘拿出一只漂亮的芭比娃娃，高兴得叫起来。玛丽告诉她，娃娃身上有六个触摸点，摸她的额头，她会唱歌；摸她的耳朵，她会背唐诗；摸她的脚趾，她会说英语……外孙女问她妈妈，我本来想问Santa要一个娃娃的，现在有了，我还可以提另外的要求吗？可以啊，她妈妈说，我们去给Santa写封信吧。等她们母女俩走去书房时，玛丽感叹道，有一天，孩子会问：Santa 是不是真的？所有的父母都会面临这个难题，应该在什么时候用什么方式既让孩子们明白事实，又不伤害他们纯真的童心，是一门学问。玛丽陷入了对美好童年的回忆，给我们讲了她小时候的故事。

玛丽的妈妈是个单亲母亲，她记得十岁那年的圣诞节，妈妈像往年一样，让她向圣诞老人许个愿，她闭上眼睛，就看见那只漂亮娃娃。那是一种刚刚诞生的新型娃娃，叫芭比，她绑着马尾辫，身穿黑白斑马纹泳装，有深褐色头发。她不是传统的婴儿样式的娃娃，而是个成人玩偶。芭比有各式各样的服装，可以任凭主人扮演各种角色，一会儿是淑女，一会儿又成了女军官，她成就了一个小女孩对未来的种种梦想。玛丽在小朋友朵拉家里看到过。于是她说，我想要一只芭比娃娃，像朵拉的一样。

圣诞前的一个周末，妈妈带小玛丽去教堂，做完弥撒后，正好遇到圣诞老人给小朋友发放礼物，她看到圣诞老人从礼物袋里拿出她朝思暮想的芭比娃娃，内心一阵激动，她感觉圣诞老人也看着自己，她嘴唇翕动着，感激的话儿蓄势待发，小手也伸出来了，可是心爱的礼物却让一个男孩得了。玛丽得到的是一辆红色的小雪橇，只要按一下电钮，雪橇上的灯就亮了，"铃儿响叮当"的歌响起，雪橇轻轻向前滑动。可是她想要的是芭比娃娃。她按一下电钮，灯亮了，歌声响了，雪橇滑动了，吸引了很多小朋友的围观。她试着用雪橇和男孩交换娃娃，可那男孩偏不看那只雪橇，只是别过身去，摆弄他的芭比娃娃，试着替娃娃换一身新衣。玛丽一直呆呆地站在那儿，直到教堂里的人走光。

那天吃晚饭的时候，她对妈妈说，圣诞老人的袋子里只有一只芭比娃娃。上床后，玛丽很久没有睡着，妈妈来吻她的时候，她又说：圣诞老人今年只带了一只芭比娃娃。母亲明白她为什么这样说，心里非常难过。

玛丽想，也许圣诞老人没有听清我的许愿，现在离圣诞节还有一个星期，再写一封信给圣诞老人，也许还来得及。第二天她把信投进了邮筒里。

圣诞的前夜，玛丽不愿睡觉，她要亲眼看圣诞老人给她送礼物，再跟他强调一下。妈妈帮她把袜子挂在壁炉上，她看看，想想，拿下来摆弄摆弄，重新挂在一个她觉得更好的地方，看着还是不合适，又把袜子口开大一点，再选一个新的地方，希望圣诞老人从烟囱里下来，一眼就看到她的袜子，一下就把芭比娃娃放进去。

渐渐地，她眼皮打架，迷迷糊糊地睡了。

蒙眬中，她看到身穿红衣，满头银发和一脸雪白胡子的圣诞老人在铃声中来了，他放下肩上的礼物袋，躬身走到壁炉旁，把礼物放进了玛丽的袜子里。玛丽使劲睁开眼睛，想看看是不是自己想要的娃娃，想跟圣诞老人说声谢谢。可是她太困了，只记得圣诞老人低头吻了她的额头，就走了。

圣诞早上，玛丽一醒就去看自己的袜子，里面果真有一只娃娃，她的心一阵猛跳，迫不及待地从袜子里倒出来，可是这不是芭比娃娃，她的眼睛和手脚都不会动，制作很粗糙，穿着普通的衣裙。

她哭了，就问妈妈，我是一个坏孩子吗？母亲抱住她，使劲吻她，说，不，你是一个好孩子。

那么圣诞老人为什么不喜欢我？

不会的，他一定是喜欢你的。

那他为什么送我一只蹩脚的娃娃？

妈妈不再说话了。

玛丽愣了很久，开始怀疑昨天晚上的事只是一个梦，再想想，昨天见到的圣诞老人和在教堂里见的不怎么一样，他的脸瘦瘦的，背有点罗锅。那模样很像自己的舅舅尼尔森。

她说出自己的怀疑时，母亲泪如泉涌，她说，孩子，你要知道，世上并没有圣诞老人，你所看见的圣诞老人都是人们装扮的，他们的父母了解他们的心愿，就替他们买了礼物，趁他们睡觉时放进他们的袜子，或者请朋友装扮成圣诞老人送来。可是妈妈没有足够的钱，舅舅也失业了……

玛丽突然懂了，她抱住妈妈说，尼尔森舅舅的礼物很好，我就要这只娃娃！

邂逅

我在悉尼歌剧院的石阶上，看到一个熟悉的身影，那清瘦的脸上架着一副近视眼镜，不是我的同学淼吗？意外邂逅的惊喜，使我脱口而出叫了他一声。刚叫出口，又有一点后悔，见到他，我应该躲开才是呢。可是淼显得十分激动，紧紧握着我的手，问我什么时候到的澳洲，住在哪里。

我如实相告，我是来女儿处探亲的。女儿嫁到澳洲，住在远离悉尼的一个小镇上，开车来这儿，要三小时。这不，还没有看够，就要往回赶，因为女儿还拖着一个半岁的孩子。离开她，我又一句英语也不会说，寸步难行。

淼想也没想就说，何不到他家去住两天，他家从悉尼歌剧院开车二十分钟就到了。他会当一个称职的导游，陪我尽兴地游览悉尼。这样的好事应该是求之不得，可我实在不好意思。

当年，淼是我的同桌，他喜欢读课外书，喜欢装半导体，喜欢集邮，为我打开一扇扇"世界真奇妙"的窗口。出身工人家庭的我，本来知道得很少，在他的影响下，我也开始收集公交月票的贴花。

我们成了好朋友，要不是"文化大革命"，我们会做一辈子好朋友。

"文革"中我们高中毕业了，因为森的两个姐姐都在外地工作，他本来是可以留在上海工矿的。可是那些名额排来排去，还差一个，我就有了去农村的危险。我是班级分配小组的，虽然也是红五类，可是比起那几个干部子弟还不够硬。我知道森的一个秘密，他的姑夫在台湾，还是国民党的少将。这事别人不知道，我作为团支部书记与他谈心时，他告诉了我。于是我把这事与工宣队师傅一说，森就划到了不分配之列，最后被敲锣打鼓地送去了云南插队。我则因为觉悟高，不但留在了工矿，还上了港务监督船，大家的工资是三十六元，我还多了十六元水上津贴。

以后，我结婚生子都十分顺利，入党后还稳稳当当地升了组长，副科长，科长，副处长。如今，我胖得走路都觉得负担重。

从分配以后，我就没有见过森，也怕见他。直到如今，仍心有不安。

可是不知情的女儿说，爸爸真是好福气，到悉尼还能碰到老同学，去住两天吧，免得一次次来回跑。

森让他老婆炒了一桌菜，温了一壶绍兴酒。一杯下肚，话匣子就打开了。原来，森这三十几年是九死一生，在云南时，不但农活辛苦，还差一点在地震时落进地壳；回城后在里弄生产组包装化工原料中了毒，还好阎王手下留情；为读业余大学又过上苦行僧的日子，在九平方的斗室里，为了不影响妻儿睡觉，他躲在床底下，用手电复习功课；十年前到了澳洲，说起那经历来又是字字血泪。他说每一件事，我就心里咯噔一下，这些苦都是我害他吃的。我想他难道不知道吗？他没有在心里怨恨我吗？

　　夜深了，我躺在森舒适的客房里，看着天花板上的浮雕和式样古老的吊灯，不禁感到深深地内疚，他相逢一笑泯恩仇的宽宏大量，其实是对我最大的惩罚。

养老院里的年轻姑娘

在房地产经纪人的推荐下，我们看中了一幢房子。

这是一幢结实的二层楼房，属早期联邦建筑风格，门廊前方两根半圆柱一左一右支撑着门上方的一个人字形门廊，两边的房间各有一扇圆肚窗，最特别的是后院有一只青蛙池。女儿高兴地说，她的卧室就要对着青蛙池的那一间。

我们很满意房子，房产经纪人很满意我们的决定。出得门来，环视周围相当安静，整条路上，只有斜对面那家养老院的门口，有一位老太太坐在午后淡淡的阳光里。她用期待的眼光招呼我们，好像有话要说。我们就情不自禁地走过去。

老太太有着一种典雅的美丽，很窈窕，有一个深思的额头和一双聪慧的绿眼睛，眼睛周围虽有着细密的皱纹，但额头却分外光洁。穿着浅色的衬衫和裙子，如丝的银发整齐地在脑后挽成了髻。

你好！女儿高兴地跟她打招呼。

你们好！你们可以陪我讲一会儿话吗？我是玛格丽特。她的口音听来柔和悦耳。

当然，我们愿意和你谈谈。

谢谢你们，请不要嫌我唠叨，我实在太寂寞了……知道吗？我常常会觉得自己是一个十岁的小女孩，就像你一样，沐浴在双亲的慈爱中。她指指我女儿说。

然后她又向着我说，如你所知，我也在二十岁时期待过我的白马王子。我觉得自己是二十五岁的那个内心狂乱的新娘，清楚地记得我们互相许下的海誓山盟。

她说这话时，我和丈夫迅速地交流了一下，回忆起我们的幸福时光。

我觉得自己才三十岁，刚出版了第一本诗集，而且有了三个孩子，他们是那么调皮又那么可爱。

这下轮到女儿和我交换眼神了。

五十岁时，我写完了第三本诗集。虽然孩子们已长大离家，我和丈夫依然相亲相爱。

可是六十岁时我的丈夫却抛下我先去了天堂，他原来是一个电影导演，是一个非常帅的人。

我的孩子都在远方为他们自己的生活、为他们的孩子奔忙。盖瑞是医生，他的病人太多。吉蒂去了美利坚，她有了尼克和克里斯蒂，整天围着他们转。艾伦在英国，是个银行家，他永远那么忙。我只能独自缅怀过去的日子和我的所爱。盖瑞、吉蒂、艾伦，我的宝贝，你们都好吗？说到这里，她遥望着远处。

如今我老而衰弱，需要别人帮忙，也许惹人讨厌。可是这里，她的右手放在左胸上，这里却活着一个年轻的女子，她依然是聪明的优雅的。

顺着她的手，我发现在她的左胸上方，别着一枚银白色心状胸针。

这时，从背后老人院里走出一位护士，递给玛格丽特两颗白色的药丸和小半杯粉红色的药水。她顺从地服了药，像孩子一样抬起头请求道，我还可以再跟他们说一会儿话吗？

不行，你该午休了。护士的声音很温柔，玛格丽特眼里却流露出一丝黯淡，我忍不住抱抱她，行了个贴面礼。

没关系，我女儿说，再过六个星期，我们就要搬到斜对面的房子里来了，我妈在家照顾我，她也写诗。我们会来陪你聊天的。

那真是太好了！下次你们来我要朗诵我写的诗歌给你们听。

我会做一瓶幸运星送你，玛格丽特。

听到我女儿这样说，她好像很满足，谢谢！孩子。谢谢！请靠近我，了解我！千万不要嫌我啰唆。然后心有不甘地跟着护士进去了。

六个星期以后，我们搬进了新居，还没有来得及安顿好，女儿就拿着一只装满五颜六色幸运星的瓶子，拖着我去对面老人院看望玛格丽特。

知道我女儿确实就是诺拉，那个叫莫尼卡的护士告诉我们，玛格丽特已经在一个星期之前去世了，她说老太太一直盼望你们来，说自从她老伴去世后，第一次有人听她讲了那么多话。她让我把这个送给你的女儿。

莫尼卡从抽屉里拿出一个信封，我们看到了曾经别在玛格丽特胸前的心型的银色别针，信封上歪歪扭扭地写着四个大大的字母：L－O－V－E。

女孩的烦恼

　　八年级的女孩艾玛是众人眼中的好孩子，勤奋、乖巧，可是，她也有烦恼。她对我说：

　　我的爸爸妈妈总是对我强调，他们出国全是为了我。为了我受更好的教育，为了我有更好的前途，他们放弃了在中国的优越工作条件和薪水，到澳洲来做他们不喜欢的简单劳动，辛辛苦苦地攒钱买房买车，干得头发也白了，牙齿也松了，他们丧失了自我，这一切都是为了我。在他们想来，我是最幸福的，我应该知足，不然就是身在福中不知福。其实我也有烦恼，我最大的烦恼，就是爸爸妈妈对我太好，好到我觉得在家里像个寄生虫。

　　特别是我爸爸，什么家务都不让我碰。有时候，妈妈发现下雨了，就会叫我帮她一起收收院子里晾的衣服，这是我能做的，也是应该做的。可是我爸爸跳起来，说"我来了。我来了。"马上冲出去把晾在外面的衣服收了。

有时候我实在想做些家务，一个人不可能一直坐在那儿读书写字的。再说我也是家里的一分子，有责任分担一些力所能及的家务。可是每次我刚想站起来，爸爸就会把我拦住，说"不用你去。我会干的。"他以为我是白痴，十多岁的人，连吸尘、开门都不会。

　　我就过着这样的日子，像一条没手没脚的虫子，整天只要在书里爬爬就好了。可我是一个人啊，有时我觉得自己浑身有劲，可以做许多事情，可是爸爸妈妈却不让我做，把我浪费了。他们总是说，我只有一个任务，就是好好读书，家里就是砸锅卖铁也会供我读完大学。

　　学校让我们去推销巧克力，我知道他们不会同意，就用自己的零花钱先买下来，又提前几天在他们面前吹风，我说，西方的同学有时会上街义卖，爸爸说，这有什么好，小姑娘站在街上要受人欺负的，不如在家多读读书。但是他也没有太反对，因为他们不太懂学校的事，怕我在学校里不如别人。直到最后一天，我不得不把三大盒巧克力搬回家，好了，他们这才知道我是要到街上去卖巧克力。

　　当然是不同意。我说钱也付了，不去也要去。

　　爸爸说，在街上碰到坏人怎么办？又说像我这样的人，肯定一袋巧克力也卖不掉。他说要么他陪我去，要么他出钱买下，放在家里慢慢吃。

　　我说不行，不但要卖，还要回学校报告卖的情况。这是学校老师说的，一定要自己去卖。这次活动的表现，要写入年终的成绩报告单。

争论了很长时间，我觉得自己的手脚正在往里面缩，我又快变回虫子了。爸爸却同意了，他对妈妈说，让她去吧，等碰了壁，就知道我们是为她好。

结果我在火车站和公寓门口，向所有的人微笑，非常礼貌地推销我的巧克力。三个下午，我就卖掉了所有的巧克力，没有碰到坏人，也没有找错钱。我知道自己也可以独立做一点事情，心里很高兴。可是爸爸妈妈又说，只此一回，下不为例。

你看，这就是我的父母，在他们眼里，我做好做坏都一样，因为他们不要我再去做他们认为低贱的事。他们已经付出了代价，还是找不到体面的工作，这一切不平衡要从我身上补回来。他们对我的要求，就只有读好书，我的功能简单成考第一名，上精英中学和考上好的大学。其实，这是同学们最看不起的一种人，也是澳洲社会最不需要的，我决不做这样没有出息的人。

我越来越想好好地锻炼自己，动手做一点看起来微不足道的小事，因为有用的人就是在一点一点小事的积累中成长起来的。

丁老师教子有方

丁一有两个儿子，她理所当然地成为他们的第一任老师。同时，她又是一位名副其实的幼儿教师——在中国是，在澳洲也是。

丁老师的小儿子才两岁，长得壮壮实实，中文英文夹在一起说话。一天，在我家聚会，我们饶有兴味地看着他在草地上蹒跚迈步。一不小心，那孩子摔了一跤，我急步走近，想去扶他。可丁老师说，不用，没事。果然，他一声不吭地自个儿站起来，继续玩他的。照我们传统的做法，一定要问他哪儿疼了，要好言哄他，顺势跺几脚，算是惩罚了让宝宝摔跤的地。丁老师说，这样做，以后孩子每次摔跤都会哭闹，等着大人抱他起来，再去责怪绊他摔跤的凳子什么的，极易造成孩子的依赖性。不如让他自己起来，也想想怎么会摔跤，以后走路会小心，也就不容易摔跤了。不一会儿，孩子走近花园的水龙头，丁女士让我打一盆水给他玩。我虽然觉得给孩子玩水有点儿不妥，可看他玩得津津有味，一点不缠人，也就认同了。后来他把玩沙子用的小桶装满了水，提着小桶四处转悠。丁老师警告他好几次，只能在草地玩，但他置若罔闻。最后，他因为要到凉棚下找爸爸，把水桶弄倒了，水洒在我的脚上。兴奋的小孩不觉得自己做错了事，还得意地光着脚丫踩水玩。丁老师很严厉地叫他向我道歉。道什么歉，孩子才多大呀，话还说不清呢，他不愿意，又哭又闹。丁老师二话不说，直接把他拉到花园的甬道，关了禁闭——那儿因为前主人养狗，有一道栅栏。他在那儿看不到坐在凉棚下的大人，发出惊天动地的哭喊。我很尴尬，想进去把他抱出来。但他妈拦住我，过了一会儿，孩子不哭了，他大声喊："妈妈，我错了。"放出来后，他奶声奶气地跟我说："对不起，我不是故意的。"

丁老师说她全部按照澳洲人的方法教育她的孩子。为此，她择西方人为邻，她办的幼儿园又多为西方人的孩子，为的是让她的孩子"近朱者赤"。

丁老师对小儿子的"洋为中用"教育是成功的。可是对她大儿子军军的表现，我们都不敢恭维。我家聚会时，丁老师就邀请大家下周结伴去郊外 B.B.Q。约好十一点在丁老师家集合，可是到了十二点，还未能出发。同去的五个家庭十五个人都在关心：发生了什么事？丁老师与她的先生一直在小声与军军谈着什么，军军执拗地站在那儿一动不动，瞪着愤怒的眼睛，嘴巴抿得紧紧的，腮帮子气得鼓鼓的。最后他还是没有去，我们弄得很扫兴，出发得晚，午饭到下午三点才吃上。原来，丁老师家买下现在这幢房子后，军军一下子有了三四个同龄的异族小伙伴，并很快成为好朋友。那些男孩常常在周末要集中到一家去过夜。几次到别家去住了以后，军军就发哮喘，当父母的当然就有了阻拦的意思。军军不干。父母想个折中的方案，就邀请小朋友们集中到军军家，这样也方便照顾。午夜，丁老师被吵醒后，走到客厅一看，简直是在大闹天宫，收音机音量大得震天响，枕头和毯子都成了武器弹药，水枪打得沙发、地毯没有一块干的，一个小孩还正在打电话叫送Pizza。打这以后，丁女士以军军身体不好为理由，严格限制军军去别家住。前一天，军军知道了次日有爸爸大学同学一起去郊游的计划，就带着三个小朋友来谈判，一定要军军参加他们的集体过夜，他们甚至跪下，求军军的父母。"请愿"没有成功，因此父母组织的B.B.Q也休想请得动军军。

军军三岁前我见过，会摇头晃脑地背诵儿歌，会帮他妈妈拿小凳子，帮他爷爷捶背，挺听话的一个孩子。

丁老师直摇着头，说，看来过分强调孩子的个性发展也有坏处，教育孩子，还是要用"拿来主义"的办法。

我当主婚人

　　我当主婚人是非常偶然的。走进喜宴厅，听到好几个人一起说，来了，来了！随即有人把镶着金线的主婚人的红花别在了我和先生的胸前。这是事先不知道的。

　　我当主婚人又是必然的。因为新郎是我的外甥，他在澳洲没有别的亲戚。新人来我家送请柬时就讲好，请阿姨在宴席上讲几句，因为很多来宾没有参加下午的结婚仪式，就这么吃吃喝喝，不够喜庆，也不够隆重。

　　外甥是我表姐的儿子，我戴红领巾时就抱过他。

　　外甥到澳洲一年后，他母亲装修房子完了，工程队余下一些煤饼。为了不浪费这几只煤饼，让它们发挥最后的作用，我表姐燃起煤炉，拎进浴室取暖，太多的煤气，使她未能再走出过于密封的浴室。面对她惨白的脸，众亲戚一致决定对她远在澳洲的小儿子封锁消息，他独在异乡，怎么经受得起这样的打击。那天我也去送我的表姐，家人嘱咐我，要同在澳洲的先生更多地关心外甥，又千万不能透露口风。

可怜的孩子一直听他的父亲和哥哥在电话里说，妈妈出差了。妈妈去舅舅家了。怎么每次都是妈妈正好外出？外甥难免有了怀疑，执拗地要求，约好下次打电话的时间，请妈妈和我通话。于是那头说，妈妈声带上长了瘤子。妈妈不能说话。妈妈快要动手术了。孩子问，要我回来吗？要我寄医药费给妈妈吗？父亲说都不要，只要你在外平平安安，妈妈就放心了。

几年后，外甥成为澳洲永久居民，回国探亲，再也见不到慈母面，只见到母亲冰凉的墓碑。做母亲的生前最大的心事，一定是她心爱的小儿子有好的身份、事业、婚姻。

外甥返回悉尼后，变得沉默，常常一个人坐着发呆，如果自己不到澳洲，也许母亲的悲剧就不会发生。要不是为了绿卡，至少可以回国见母亲最后一面。心里有无数的矛盾和悔恨。

那时，他跟朋友合开一家咖啡店。虽然内心痛苦，但对顾客一如既往地笑脸相迎，热情招待。常在星期五下午来喝一杯的一位女士，有一天将自己的电话号码贴在还给他的杯子底上。他需要一个忠实的听众，又怕人家视他为"祥林嫂"，于是他拨了那个电话。麦琪耐心听他倾诉，用轻声细语为他排解。端午节和中秋节，他能尝到麦琪送来的粽子和月饼；在我表姐的忌日，麦琪会买一束鲜花，跟他一起怀念他的母亲。心心相印，他们走到了一起。麦琪支持他报考了会计课程，而家里也被麦琪收拾得窗明几净，井井有条，吃饭时客厅里放着轻音乐，周末的傍晚坐在阳台上喝一小杯红酒，静静体会生活中的美好。在离开父母十年以后，他又得到了家的温暖。

现在外甥已经是澳洲公民；事业不错，咖啡店发展了三家；又要和自己所爱的人步入围城，可以告慰他母亲的在天之灵了。

外甥没了母亲，父亲又来不及赶到，我这做阿姨的理所当然成了他的主婚人。

外甥结婚前因为布置新房，把通信录弄丢了，情急之中想起我常常投稿的一家中文报纸，还是通过报社编辑才和我联系上。

那天下午我参加了结婚仪式，我在祝词中说，我是成先生的阿姨，从他出生起就认识他，并对他的正直为人和聪明才智一直都非常了解。后来我又认识了龚小姐，她知书达理，善解人意。对于这样一对新人，我的祝福是"在天愿作比翼鸟，在地愿作连理枝"。特别现在，大家远离故土，远离亲人，更需要相濡以沫，同甘共苦，携手共走人生路。

我代表全家，代表远在大洋彼岸的成先生的长辈、亲戚、朋友，衷心地为他们祝福。

当然我也代表新郎的家人，感谢来宾，向来宾敬酒。

这样的祝词，我以为很普通，很常规，没想到好几位女宾特地走到我身边，对我说，阿姨，你讲得我眼泪都涌上来了。我想是"远离故土，远离亲人"这几句，触动了在座游子的心吧。

席间有几对西方人朋友，他们说，虽然没听懂你阿姨说什么，可是我们鼓掌是非常热烈的，也是真诚的。

当主婚人的感觉真好，因为我们身在海外，需要更多的亲情和友情。

男孩KIM和女孩KIM

有个男孩叫 Kim，有个女孩也叫 Kim。男孩 Kim 和女孩 Kim 都是留学生的后代，他们曾经在同一所精英中学读书，而且他们都是好学生、好孩子。可是男孩 Kim 和女孩 Kim 又有许多不一样。

男孩 Kim 的爸爸在十年动乱中耗去了黄金时代，却抓住了青铜时代，读完了大学，又从技术员升到工程师。他说，虽然到澳大利亚自己沦落到了普通工人的地步，想想还是值得，因为如果不来澳大利亚，无论如何自己都没有条件让儿子自费出国留学。

男孩 Kim 现在是大学一年级的学生。从十六岁起，他爸爸就带他去打工卖蔬菜，现在他有了三年打工工龄，并换过好几个工种。有了打工收入，父亲就不再承担他的学习费用和零花钱。亲父子，明算账，Kim 为家里买了什么，就把账单贴在冰箱上，父母照单付账。他爸爸说，今后 Kim 大学毕业，住在家里，还要付房租。至于父母老了，也有自己的安排，最多每年让 Kim 买两张机票去旅游。当然每逢生日和节日，家人互赠礼物，则另当别论。听说，Kim 的爷爷奶奶认为 Kim 的爸爸太不像话，可是天高皇帝远，他们也管不了。我也觉得 Kim 的爸爸有点过分，毕竟只有一个孩子，中国人是最重亲情的。但 Kim 的爸爸说，我把他培养成材，我的责任就算尽了。让他出国就等于在国内给他买了结婚用房，我为此放弃了自己的专业。今后的一切要靠他自己了。

女孩 Kim 的爸爸书读得不多，不是因为他智商低，否则他玩麻将怎么会老是赢家。用他自己的话来说，当年是跳着"忠"字舞进的中学，以后不是没有想过上大学，无奈基础实在太差。干脆下个决心，到国外当"留学生"。

女孩 Kim 的爸爸总对女儿有负疚感，因为没有让女儿生长在一个有文化的家庭，办法只能是用金钱弥补。他唯一的本事就是埋头打工。那时工作时有时无，常常要步行几千米到一个海滨俱乐部去干几个小时的清洁工，披星戴月，顶风冒雨，从不间断。劳累几年，满口的牙都落得差不多了，未老先衰的脸上爬满了皱纹。几年前，女孩 Kim 没有考上精英中学，她爸爸发誓要送她进贵族学校。吓得女孩 Kim 拼命努力，总算第二年插班进了那所精英中学。

现在女孩 Kim 已经十二年级了，看到爸爸这么辛苦，至今每天工作十多个小时，她心里非常难过，她对爸爸说，你不用这样为我攒钱，我上大学可以申请贷学金，待我工作以后逐年偿还。可她爸爸说，不，我一定要为你付学费，要让你上最好的大学，还要让你去英国、美国留学。女孩 Kim 因此心里战战兢兢，不敢反对爸爸的任何决定和行动。她爸爸唯一的乐趣和嗜好是打麻将，现在外婆又来了，三个长辈坐下来，三缺一，女孩 Kim 不得不顶了那个缺。一边玩麻将一边惦记着自己的数学习题和英语作业，可是女孩 Kim 又不忍扫爸爸的兴，她只是在心里说，其实你只要把时间从麻将桌前还给我，我再努力一把，兴许可以争取到某项奖学金，那你也不要这么起早摸黑地打工了。

男孩 Kim 说，女孩 Kim 你真是好福气，有爸爸做坚强的经济后盾。女孩 Kim 说，我宁愿我爸和你爸一样，不给金钱给自由。

递一支爱的拐杖

失恋，是别人的，听起来很平淡。

可是伊森失恋了，他要自杀。

伊森有三本护照：澳洲的，新西兰的，中国台湾的。显然，他的亲戚都在中国台湾，他的父母在新西兰，他是独自来澳洲求学的。

伊森因为学习成绩优秀，学校聘用他为下一届的课后辅导老师。学生中有一个蓝眼睛的女孩聪明又好学，复活节的晚会，看见她很投入地抚着钢琴的琴键。灯光摇曳，映得她漂亮的脸盘一片柔和，亮晶晶的双眸流出快乐的光。伊森就这样爱上了他的女学生，可这事从来不是一厢情愿的。

伊森对他的朋友瑞和岩说，求求你们，陪我去Watson Bay 吧。

Watson Bay 是悉尼最佳风景之一，这里有一座陡立的临海悬崖，人们给它起了一个形象的名字——"裂缝"。从悬崖边可欣赏对岸曼利和悉尼市区的远景，更能感受大海一望无际的宽阔胸怀。悬崖边的护栏高度仅约一米，到这里欣赏秀美风光的人都可以轻而易举地翻过。因此，这也是一个危险的位置。

三人在那儿站立良久，谁也不说话，看够了风景，在咖啡店坐下时，瑞端详着伊森的表情，好像打趣地问他，这个悬崖可是叫"自杀崖"，你不是要来自杀的吧？你不会以为在这里纵身一跃就可以一了百了了吧？你要跳，我可不拉你——我个子小——会反被你拖下去，我可不想去大海里寻求幸福，只为我的父母，我也会十分珍爱我的生命。

岩惯于打圆场，他说，别以小人之心度伊森之腹。再说，你不拉他，自有人会拉。

那个人是你吗？

你们不知道吗？对面，他们顺着他的手指看见了一栋白色的两层楼房。有一个守望者，他叫唐·里奇，每天透过卧室的窗玻璃，警觉地注视着站在崖上的人。年轻时凭着身强力壮，他常常翻过护栏，把企图自杀的人带回家里，给他们喝茶压惊，而他的妻子以最快的速度报警求援。现在他年纪大了，改变了方法，他不再试图给对方忠告或建议，只是给他们一个温暖的微笑，并邀请他们去家里喝茶。所以在"自杀崖"自杀是不容易的。

我不能控制自己！每当夜深人静时我醒来，就像有一条鞭子在抽打我柔弱而孤独的心，只觉得天也负我，地也负我，我承受不起这严酷的事实。我会狂躁起来，有时真的想就此告别这世界。不过今天，我不会。

毕业班的学习总是紧张的，伊森却依然不能全身心投入，他还是会对两位朋友说：我不知道该怎么办？我无路可走。

那天他头痛得厉害，独自躺在学生宿舍里。瑞和岩又如他所预料，来看望他了。

他们倒了水，给他服药。瑞说，想想你年迈的父母，他们无论在中国台湾还是后来到新西兰，都是辛辛苦苦的。把你养大成人，你怎么忍心去毁灭自己的生命？你的父母失去了你，他们的生活还会快乐吗？

昨天伊森刚给父母打了电话，本想说一些请父母原谅不孝之类的话，但母亲快快乐乐的声音感染了他。父亲说，小子，等你毕业，我们就带上你和你弟弟一起去翻越阿尔卑斯山，怎么样？我们已经好几年没有一起去旅游了。听了父母充满爱心的话，伊森把脸埋在热毛巾中，任凭眼泪奔涌。

岩整理了他乱七八糟的书桌，说少年维特的时代早已过去，十几年的苦读就这样付诸东流吗？你本来是学校里最优秀的学生之一，可再恍惚下去，你会毕不了业的。再说，你已经历过与死神的搏斗，应该更加珍惜生命。

是的，伊森有过一次自杀的经历。上中学时，发生了一件令他绝望的事，他买了一张旅行票，到另一个城市，每经过一个药房就买一盒"Panadol"（澳洲止痛药），然后在一家豪华宾馆里将它们一起吞下。

伊森痛苦地捶着自己的头，我知道不应该自杀，可是我不知道活着还有什么意义。相比痛苦，功课，论文，考试，都已不再重要。

两天以后，瑞要带伊森去一个地方，说得那么神秘，结果却来到了大学的心理辅导中心。以前他们就劝过他，可以在那儿寻求帮助。但伊森说什么也不愿去，他不愿把自己的软弱无能展示在更多人面前。这时，就像一个小妹妹送哥哥去看病一样，瑞两天前就为他预约了，并又骗又哄地将他带来，想临阵脱逃都不行。

晚上做完功课，她又打电话给伊森：你怎么样？晚饭吃了？论文有进展吗？不要在电脑前坐太久，到校园里散散步。如果实在受不了，就打"自杀热线电话"，那天到你宿舍时，我已经把电话号码贴在你的台灯灯座上了。

学校同意接受过心理治疗的伊森以特殊的等级通过考试（降低十分），也同意他的毕业论文可以延期答辩，因为心灵受伤和身体有病一样值得同情，需要帮助。

岩比较敦厚，不知还可以为伊森做些什么，但他可以求助于善良而细心的妈妈。伊森多次品尝过岩妈妈做的精美糕点，还可以把脏衣服扔进她的洗衣机。岩妈妈亲自打电话给伊森说，你有什么痛苦，可以跟我说，也许我能帮到你，我年长一点，见识的事也多一点。这个星期六，我要带岩和你去吃晚饭。还有，只要你愿意，无论哪一天，都可以来我家留宿。

岩妈妈去接伊森的时候，车停在大学宿舍门口，伊森跟驾驶室里的岩妈妈挥手。岩和岩妈妈等着他上车，他却忽然掉头奔向马路中间，岩和妈妈一惊，只见伊森飞快地从一辆大卡车前面抓过一个小男孩，迅速回到路边。大卡车绝尘而去。伊森的脸煞白，小男孩窜上马路是为了捡他的球。伊森右边的衣袖被撕裂，右脸颊也有一道血痕，但他的脸色渐渐恢复正常，还比以往多了一些红晕，看起来光彩照人。

少女申申

十六岁是人生的花季，申申在十六岁时离开北半球的春天，走进了南半球的秋天。

申申深知移民澳洲，父母付出很多代价，希望自己能争气，为他们减少压力。大概是"初生牛犊不怕虎"，申申来到澳洲的第三天，就闯入一家精英中学，要求就读十二年级。她说，我在上海已经升上高三，我在上海是市重点中学的学生。可是校方的回答也是斩钉截铁的：你必须进入语言学校强化英语，你必须通过入学考试才能进入精英中学，你必须从十一年级读起，如果能考取的话。少女申申无可奈何地站起身，用好听的美式英语对校长说，我们一定会再见的。这时，她双眼流露的是不甘，是自信。少女申申进入语言中心一上课就傻了眼，她在中国那所重点中学培养出来的英语那么不管用，虽然功课很简单，老师的话却一句也没有听懂。一下课更急了，除了姓名、国籍、年龄，她无法与世界各地来的同学谈更多的话，关于文学关于艺术关于人生关于幸福，她有很多很多要和同龄人交流呢。

少女申申开始了她的努力。清晨，迎着旭日在阳台转角处朗声背诵；夜里，用灯光割出一方光明的天地。单词本上每天要增加三十多个新词，在她看来那是一个个随时会跃出战壕的士兵。"'依依不舍'怎么说？""英语中'唯美主义'用哪个词？"无论是父母的朋友还是同龄的伙伴，被她问烦了，就扔过来一本词典。困难又何止是英语。中国的学科中没有"科普"这一门，数学到了高三，还没有接触过微积分，两地的教育如此不同，要适应真得下功夫呢。分别六年的爸爸有时不能理解：少女申申除了读书什么也不愿干？他说，澳洲的孩子十几岁都去打工的。她满脸委屈又振振有词地说，没有平时的争分夺秒，辛勤攻读，哪来考试时的胸有成竹，奋笔疾书？等我学习赶上了，会有足够的时间去打工。

在语言中心，也有移民家长来问报考精英中学的事，中心的主任说，这里有一个立志要考精英中学的。但我看，她是考不上的，考也是白搭。要考的只有一人，申申知道主任说的是她，哼，小看人！不免暗暗下决心，考一个让你看看。

四个月后，申申考上了那所精英中学，学校欢迎她下一年度去读十一年级。在澳洲精英中学是可以插班考的，第一次考试七年级，就是初中；插班考就是高中阶段，十一和十二年级。带着满脸倔强的她又独自来到校长室，她说，我想我可以读十二年级。你们可以让我试一学期，如真的不行，我心甘情愿退下一级。少女申申镇定自若，不紧不慢地说，虽然心里紧张得直打鼓，手心也沁出了汗。校长当然喜欢勤奋的学生，可是从来没有直接读十二年级的先例呀，高中的课程是连贯的，这也有影响学校升学率的问题。

我为什么不能成为第一个？少女申申不得不打出另面旗：一个月前，她代表语言学校去参加南太平洋国家的高中数学竞赛，成绩是第二名，得到了奖章和奖金。

校长说，我真服了你，我们学校有不少华人子女，可都是来了多年或出生在本地的，像你这样直接从中国来的，而且还敢挑战常规，我是第一次见。但是我还不能确认你的英语行不行，可能你的日常英语已经没问题了，只是对英国文化和文学作品，我不太相信你有多少基础。再说我们通知你来上十一年级是有所安排的，至于十二年级，还不知道是否有空位？

申申说，我可以试试的，您先请个英语老师来测试我吧。

布朗太太也不相信她的英语，一开口就问，你读过一些英国的文学作品吗？申申心里暗自庆幸，以为这样就会吓退我？简直太对自己的胃口了，她本来爱好文学，读过不少中文版的英国小说，如《简·爱》。这几天正在看电视剧《傲慢与偏见》，学会了鲜活的英语对话。这是一个展示自己的舞台，她十分有把握地讲这两个故事的梗概，加上自己的理解和评价。然后锦上添花地说，我想向您请教有关伍尔夫的一些问题。布朗太太从心不在焉地应付，到渐渐用心倾听，最后露出赞许的目光。关于伍尔芙，我们以后可以谈。她对校长米歇尔小姐说，这女孩的英语没问题。而且我可以告诉你，十二年级还有空位。

我欣赏你的勇气，我会十分关注你的。米歇尔小姐终于拍板，同意申申直接上十二年级了。

好消息接踵而来，少女申申在门铃响起时冲到门口，爸爸妈妈，给什么奖赏？少女申申在给上海同学的信中写道，我没有辜负母校，我不会忘记你们。写这些话比当初告诉他们，如何辗转难眠，半夜起身默念"同学录"更觉亲切，更感情深。

作为一个留守女儿的少女申申曾思念着爸爸，向往着澳洲的蓝天；少女申申曾百思不解，爸爸为什么愿意离开最亲爱的人；少女申申曾迟迟不能确定，幸福到底在大洋的哪一边？

五个月过去了，少女申申已经脱颖而出，亭亭玉立在澳洲的蓝天绿地之间。在这片土地上，她会面临更多的挑战，会把握更多的机会，会创造更多的不凡。

少女申申夜里还要抱着长毛绒玩具睡觉，因为她还是一个处于多梦季节的孩子。少女申申会在老师介绍悉尼歌剧院时热烈地强调，中国的长城也是建筑史上的奇迹，会为奥运会上中国队的得牌或欢呼雀跃或扼腕叹息，因为她是一个中国女孩。

敏的奋斗

——加拿大移民故事

　　敏是他的名，他叫王敏。有趣的是太太和他不同姓却同名，叫陆敏。因此加拿大的政府部门以为"敏"是他们的姓，称他们为"敏先生、敏太太"。

　　敏是我同学的哥哥，他来西雅图看望在"谷歌"实习的女儿，所以与我相遇。记得我们毕业分配时，我的同学因他哥哥在部队工作，可以留在上海工矿。有好事者查出他哥哥明明在上海一个研究所工作，认为其中有诈，闹了一段小插曲，结果由他哥哥，就是敏的单位出具证明，分配小组认为应该算作部队才平息。原来敏高中毕业后就参军，在部队上了军事院校，后来一直从事技术工作，他所在的研究所是部队编制。1973年，他被推荐为上海科大的工农兵大学生。工农兵上大学，对我们这些上山下乡的知识青年来说，简直是天堂之路，但他当时已有五十四元的月薪，上大学就只有十九元津贴，确实也思想斗争了一番。他母亲毕业于苏州女师，支持儿子追求知识。敏放弃了高薪，选择了求学。大学毕业后他一直在航天部门工作，对技术刻苦钻研，精益求精，先后发表了百篇专业论文，还出版了《慢扫描电视》一书。他的专业是电子工程，兴趣和知识却涉及很广，1987年，上海甲肝流行期间他利用以前学的分析化学知识，发明了一种消毒液发生器，并获国家专利。得了十万元专利费后除去各项赞助，还剩六万元，换成美元只有几千美元。就是这几千美元，成了他去加拿大的基础。

像每一个新移民一样，他的学历、专利、奖状都成为过去，前面就是一个零，解决生存的第一步是到中餐馆洗碗。他的勤劳和聪敏深得老板的赏识，可是打两份工仍然只能解决温饱。为了脱贫致富，敏决定买一个生意。谁料买的干洗店才做三天就发现上当，两万四千元加币（相当于十六万人民币）是做三天老板的代价。

但是敏没有气馁，接着与朋友合伙经营一个酒吧。为此，他和太太先去学了几个月调酒。他说酒分三大类，蒸馏酒、酿造酒和混合酒（鸡尾酒），鸡尾酒之所以成为令人叹为观止的文化，是因为它只用五种基本酒加上其他调味料，就可以变化出两万四千多种不同的酒。调制鸡尾酒的用料、器具、方法、配料，酒的颜色、口味都很讲究，还得有一个漂亮的名字。结业时他调出一种绿色酒加入几点殷红，等它慢慢化开，冠名为"俄罗斯绿"，老师认为很有创意，因为有现成的"俄罗斯红"和"俄罗斯蓝"，都是名酒。他太太调制的是以下黄上蓝分别代表土地和天空，冠以"多伦多的春天"之名。他们分别得了 A 和 B+ 的成绩。

然而学调酒是一回事，开酒吧是另一回事。在酒吧里调制鸡尾酒的机会其实是很少的，来人并非都是浪漫的情侣，大多数人是来买醉、来浇愁的。什么人都有，大醉后会呕吐狼藉，女厕所门口总有骚扰者。酒徒之间有时为了争先后，有的仅为一句话，有的为打桌球的输赢，常常会拔拳相向。敏说看电影里的成龙怎么也打不死，可是这儿的酒鬼，一拳就能把人打个半死，劝架忙于卖酒。营业时间是每天中午到次日凌晨两点，到了关门时间，还有许多人赖着不走。

总觉得刚合眼，女儿就来敲门，说已经八点四十了，再不走，上课就要迟到了。敏睡眼惺忪地驾车送女儿去学校，回家接着睡，十点一过，又该去酒吧了，每天都是断断续续地睡几个小时。在神经高度紧张中度过了一年又八个月，敏已经和贫穷告别，他决定改弦更张。酒店要卖的消息传出，老顾客都依依不舍。在多伦多地区，有不成文的惯例，白人开的酒吧，黑人不去；黑人当了老板，白人更少有光顾。只有敏这个中国人开的酒吧，以和气生财，广招八方来客。本来如凶神恶煞般的酒徒，竟也流下真诚的眼泪，说你们走了，我也许就不来这儿喝酒了。

酒吧之后，敏和太太经营一家杂货店，离家二十千米远，每天从早上八点到晚上十点，营业十四小时，每周工作七天，一日三顿都在店里，连圣诞节也不休息。这样的日子他已经过了九年。经他的岳父计算，他的工作日已经做到七十岁了，其实他还不到六十岁。我在悉尼也有一些开杂货店的朋友，这种"No life"的工作做三年还差不多，可他已经做了三个三年。这次来西雅图看女儿，是他十一年来的第一次休假，不禁感慨，小店以外的世界还很大很美！

我佩服敏的吃苦精神，不禁又要问他，放弃了国内已有的专业、职称、荣誉是不是后悔。敏说不。一是为女儿赢得了成材的机会，他的女儿是一名优秀的大学生，曾作为海外杰出华人青年的代表回中国寻根，受到国家领导人的接见。二是达到了当初改善物质生活的愿望，他的房子从Townhouse 到 House，到双层 House，越买越好，家里用上了全套红木家具。三是丰富了自己的人生，证明了自己的能力。四是岳父母有了幸福的晚年，加拿大的医生治好了他岳母食管狭窄的顽症，结束了二十多年的痛苦。敏夫妇供养他们十年后，根据加拿大的法律，他们双双享受了社会福利，第一次拿到津贴，老两口高兴地要请全家吃饭。

我和敏在一周内讲的话，超过了我和他弟弟同学六年讲的话。我说要把他的故事写出来，他忙摇着手说，每个移民都有一部奋斗史。

小留学生帆

　　帆是我朋友的独生女儿。朋友夫妇经营电机生意多年，算成功的民营企业家。都说商场如战场，也许他们在生意上花的精力多了一点，宝贝女儿帆的学习不怎么样，勉强考上一家私立高中。她想凭自己的实力在国内不一定能考上好的大学，现在出国留学想走一条曲线之路，帮助自己进入理想的大学。

　　帆进了澳大利亚首都堪培拉的一所教会中学。她说，教会学校可不是想象中的严格到死板，现在的教会学校也比较开放了，并不要求人人都信教。但学习氛围比起一般的学校来要严谨很多。学校老师也非常注重细节，在路上走着，突然就会有修女走上来让你把袜子整整，理由是两个袜筒高低不一样。

　　学校的教学很注重理论联系实际。光学实验，老师会搬出一面巨型的镜子做演示；单摆实验，老师会兴师动众地把学生带到操场上看人荡单杠，实验课上有关知识也就理解和掌握了。在国内除了讲解基础知识外，更注重加大难度和深度。在国外做数学作业，难度就是课后练习的难度，你上课听懂了，作业就会做，再没有额外的难题了。

帆在国内已经读完高二，到了澳大利亚要从十一年级读起，她有点想不通，我说，你本来成绩就不是太好，多读一年没有坏处，她也就释然了。上课的内容没听明白，就自己琢磨，然后去问老师，老师一声"好女孩"的夸奖，更鼓舞她学习的劲头了。没想到西方国家的老师也常常告诫学生要好好学习。

原来最头痛的中文写作，现在是最拿手的科目，而最令人痛苦的莫过于英语了。好在这里的学习方法和国内不一样，每学期一个主题，比如"关于土著"，老师会讲一些历史知识、著名事件和人物，每个学生要去图书馆查找资料，收集剪报，然后写报告、演讲，这就是考试了。

帆的父母对她非常严格，也要求我们多跟她讲自己刚来澳大利亚怎么艰苦创业，讲讲在"文革"以后怎么珍惜学习的机会，三十多岁才拿下大学文凭。她也比较听话，所以一年下来，学习成绩倒比预计的好。

小留学生帆住在一个澳大利亚的单身妇女家里，房东在教育局工作，我以为是一个理想的 Home stay。但是帆对她的房东也多有抱怨，说她清规戒律太多，晚上十点后不许打电话，每天要自己做午饭，晚上又天天是蛋炒饭，两个小留学生要轮流打扫厨房，在家也不许讲中文，假期中离开堪培拉还要付房租。特别是有一次，另一个小留学生发现冰箱里有两只鸡腿，就拿出来做了午饭，由于房东另有他用，因此房东大发雷霆，那个小留学生也哭了，并说要买一大箩鸡腿扔到房东脸上去。真是两个在家里被宠惯了的独生子女。我怕自己说服不了帆，赶快打电话跟她的父母联系，好在他们明事理，觉得这房东挺有责任心，是两个小留学生不懂礼貌，他们不准女儿随便搬家，帆虽然不情愿，还是留下了。

后来房东在外省上大学的女儿回来度假，才知道她对自己的女儿也一样。不是她势利和冷漠，只是文化背景不同。

帆常在电话里跟我说，她想家，望着天上的星星想家。父母的电话总是说，好好学习，家里很好。听着眼泪也流出来了。白天里，会遇到跟父母年龄相仿的成年人，看着他们匆匆的脚步，不也是为自己的儿女弹奏着成长进行曲？他们辛苦劳累，又有多少是为了自己？我说，所以你要懂事，你的成长是滋润父母心田的甘露。

渐渐地她和房东的关系融洽了，晚饭以后聊聊天，说说学校里发生的事情，英语口语进步不小。房东开 Party，帆也主动帮着烧烤，主动和客人说话、交朋友，用她自己的话说是"人际关系受到了极大的考验"，不再是一个事事"以自我为中心"的小太阳了，能学着用澳大利亚人的方法去思考和处理问题。房东假期里还带她一起去旅游，小车拖上游艇就出发了。

我想我的朋友在帆身上花的钱和心思是值了。

初识《天鹅湖》

　　由英国国家芭蕾舞剧院演出，被誉为世纪绝版的特大型芭蕾舞《天鹅湖》来悉尼演出，我们决定去订票。女儿高兴地摇着我说，好像又回到和妈妈一起看话剧的日子。我们来澳大利亚几年了，一直是穷人，还是第一次答应她作如此奢侈的消费——每张票要一百澳元呢。她说的是三年前我们在上海一场不落地看小剧场话剧。我却好像重回三十年前，想起那次听《天鹅湖》，恍若隔世。

　　三十年前，我在农村和泥土亲近。一个初秋的下午，有个以前少年宫艺术团的小伙伴，走了四里路来找我，神秘兮兮地对我说："快，跟我去我那儿一次。"一路上，他什么话也没跟我说，搞得我紧张兮兮的，问他为什么，他回答，等会儿就知道了。他是另一个连队的团支部书记，66届高中生。那时，各连队的知青先后都从简陋的草房搬进了砖房，他为方便工作，一人独住一间草房。我进屋时，见已有了六七个都是我们少年宫的艺术团员，有民乐队的，有合唱团的，话剧队的。他们分散在各个连队，其中有人离这儿十几里路。也不知什么时候通知的，走过来要两三小时呢。一种同样神秘的气氛弥漫在草房里。大家互相只用眼神交换了一下，就算是打招呼了。谁也没有说话，男生也不抽烟。虽然这排草房只有这一间住人，左右都是空房间，也没什么人经过。他们仍用棉被堵严了门窗。主人从床底下搬出一个用被单包裹的箱子，打开，竟是一台旧式唱机。然后，他又从衣箱里取出用报纸包得严严实实的两张唱片，唱片的内容就是《天鹅湖》。因为怕被人发现，电灯也没开，只点了一盏用墨水瓶做的煤油灯，屋里四角黑黑的，一切都迷蒙模糊，迷糊中更有一份神秘。唱片缓缓转动，唱针轻轻摩挲，唱机的音量被调得很低，必须凝神静气才能听清，心便随着那很低的音调，飘入音乐的境界，如梦游一般。渐渐我闭上了眼睛，觉得进入无人之境，只有音乐伴随着我。

我就是在那时第一次完整地听了《天鹅湖》，认识了柴可夫斯基。他的乐曲音调悦耳清新，音流起伏跌宕。在满耳铿锵有力的革命歌声和呼天抢地的样板戏唱段之余，这优美的旋律，让我们的心像被浸润过一样，变得柔和。唱片是粗纹的，七十八转，大概过五分钟，主人就要庄重地翻过一面。在小心翼翼放送的音乐中，我们的心暂时离开了"与天奋斗，与地奋斗，与人奋斗"的现实生活，交给了那个智慧的心灵，由她引领着向前。

两张唱片我们反复听了几遍，依然没有人说话，没有人站起，没有人抽烟。那么虔诚，那么庄严。

柴可夫斯基说过音乐创作纯粹是一种抒情过程，是灵魂在音乐上的自白。他的作品引人入胜之处，也就是它由衷的抒情性。随着抒情的旋律，我的心全部沉浸在音乐中，渐渐升起一种难以言喻的感觉，似甜蜜，似忧伤，对，是甜蜜的忧伤。

结束后三个女生分别由男生送回连队，而他们再回自己的住地就要半夜了。为了《天鹅湖》大家都觉得一天辛苦劳动后再这样奔波是值得的，是难得的。

后来我知道，唱机和唱片是从以前的场部广播员那里借来的，他也是农场小分队的演员。如果被发现，他的罪名应该是"毒害知识青年"，我们这些听者，至少被批判为听"资产阶级的黄色音乐、修正主义的靡靡之音"，组织者身为团支书，也会失去脱产干部的乌纱帽。可是二十来岁的我们那么饥渴，为寻找精神食粮铤而走险。我非常感激他们对我的信任。这时才知道，原来我们从小受过的艺术熏陶，在每个人的心里都生了根。原来大家的内心是同样热爱经典艺术的。

现在，我堂而皇之地坐在悉尼娱乐中心的环形剧场里，听着三十年前结识的音乐。周围的人个个衣着华丽，正襟危坐。我已不再年轻，而比我年长得多的、诞生了一百多年的

《天鹅湖》依然令人心醉。

　　我聆听着艺术家们演奏完整的经典乐曲，欣赏着洁白美丽的天鹅轻柔迷人的舞姿。想起初识《天鹅湖》的那段往事，那个秋天的夜晚，那间幽暗的草房，那架旧式唱机。重温着那已被忽略了的感觉——饥渴。甜蜜。忧伤。

红霞

她是一个老三届的毕业生。

她是一个下乡知青。

她是一个下岗女工。

她是一个单身母亲，十年前，她失去了丈夫。

这么一说，你一定关心她的命运。我也是，况且我们曾经还是好朋友。所以回上海时，她也在我开列的希望见面的名单上。同学告诉我，她们住一个小区。问起红霞怎么样，同学说，她很乐观。我想，这个小区地段比较好，房价不便宜，红霞能买上这里的房子，说明她过得不错，更迫切地想知道别后的她，这些年是怎么过来的。

她跟我一个学校，低几届，是初中生。我们同一天去了崇明农场果园。红霞胖胖的，脸盘挺大，嘴唇厚厚的，眼睛小小的。不算好看，但是她的脸颊红得像熟透的苹果，小眼睛总是笑得弯弯的，一说话，神色就变得活泼生动，也不乏可爱。加上她出身工人家庭，为人朴素，乐于助人，兼能吃苦耐劳，干活很像样。所以果园的老职工和知识青年都比较喜欢她。

记得她纳鞋底特别棒，如果听到在其他宿舍里传出她沙哑的笑声，多半是在帮其他女生铺鞋底。大热天，农友们都想睡个午觉，以补晚上的不足。她总觉得自己身体很好，不需要午睡。所以总能看见在灼人的太阳下，她端张小凳坐在门口。那时队里常搞大批判，她不怎么写，但愿意誊稿子；演样板戏，她不上台，但是也帮着抄谱子。有时还帮孩子多的老职工打毛线、纳鞋底。记得她创造过七十二小时不下脱粒机的纪录。所以，她的入团介绍人在介绍词中说过：稻场灯光下，她坚守脱粒机；酷暑烈日下，她孜孜不倦地学《毛泽东选集》……后来，人们见到她，都喜欢说：酷暑烈日下，杨红霞晒成了鱼干。最后干脆叫她"鱼干"。

回城后，各自学习工作，结婚生子，大家很久不联系了。有一天，在我家的那条街上，意外遇到了她。原来，为了让孩子上理想的学校，她把新村里的两室一厅换成了弄堂里的一个三层阁。虽然当时我们各自的情况已经发生了不同的变化，但毕竟是老朋友，能经常见面还是挺高兴。

从农场回来，红霞进了纺织厂，没有机会，也没能创造条件继续学习。虽然三班倒，但见她时，精神还是那么好，两颊依然像随时能喷涌而出那么鲜红，声音还是沙沙的，小眼睛还是笑弯的。我也知道,她挡车技术好,见困难就上,年年是先进!

可是,好景不长,纺织女工是最早下岗的。除了种地和挡车,她没有其他技能。丈夫病病歪歪的,家里经济条件一下就差了。正在为她担忧,却惊讶地听说,红霞在我们住的那条路上摆地摊——租书。我不信,赶去看,见她正弯着腰在把一块塑料布铺在地上,用石块压住四角,风吹起她微白的短发。我鼻子也酸了。可是她抬头见我,很坦然地笑笑:总要想办法把日子过下去吧,儿子还要上大学呢。要知道,她毕竟是一个市重点中学的毕业生。要知道,这条路是我们学校的校友集居的地方。我唯一能帮她的就是送一些书给她。

后来,她丈夫也下岗了,区文化馆同意他们在弄堂口设一座小铁皮房子,继续出租图书。

十一年没见了,她在价格高昂的小区买了新房,是时来运转了,还是经历了更多的艰辛?

再见红霞,她脸盘似乎更大了,眼睛更小了,还有了深深的眼袋,红晕已经褪尽,竟十分像多年以前的她妈。她指指身上的衣服说,不错吧,昨天我姐姐陪我新买的。

原来她丈夫去世已经九年了。那时儿子刚上大学,丈夫听她答应一定把儿子培养成材才闭的眼。天塌了,可是小书摊不能停业,儿子的学费还靠它呢。抹干眼泪,继续营业。邻居中有人嘀咕:老张去世,他老婆怎么不哭啊?她跟我说，老张的老婆哭过了，但是光哭日子就能过下去吗？

就这样，她靠微薄的下岗工资，靠摆摊租书，供儿子读完了大学。然后她想到儿子还要成家，按上海的习惯，男孩家是要准备房子的。儿子工资只有两千多元，公积金能借的额度很有限，她咬咬牙，向弟弟借五十万元。在 2002 年买下了现在的新房。

两年以后，房价涨了一倍。因为妈妈给的压力，也因为妈妈的激励，儿子几次跳槽，现在月薪有了一万多元，每月公积金就有一千多元，再加上老房子的租金，红霞说，房贷的压力已经不大了。今年儿子又娶上了新娘。问红霞：婆媳住在一起怎么样？她沙哑地笑笑：媳妇也像个孩子，我就当她是自己的女儿吧。

我想她媳妇知道她的故事，也会尊敬她的。像这样的人，永远不会有跨不过去的坎。

哑女朱丽

　　第一天到这个单位，我就发现有几个哑巴同事。回家一说，家人笑我，说一定是来自不同国家的人用手势比画。可我明明记得他们的手势是连贯的，复杂的，变化很快的。第二天看到他们耳朵上戴有助听器，证实了我的判断。

　　后来我知道哑女朱丽是老板的女儿，她有五个健全的兄弟，她是家里唯一的女孩，却是天生的聋哑人。现在她会发一些模糊不清的音，说一些简单的话，借助助听器主要是看口型"听"别人讲话。这中间的进步过程一定是十分艰难的。所以做老板的格外同情残疾人，另收了几个聋哑职工。

　　朱丽有着高挑的身材，清澈的蓝眼睛，挺拔的鼻梁，金色的头发长及腰际，因为自然鬈曲，只需弯下腰，把头发拢在一起，打一个结，抬起头，就成了一个高耸的发髻。她的外形条件不当时装模特儿是可惜了，虽然在 T 型舞台上表演不用说话，但我也没有听说过有哑巴模特儿。兴许朱丽从来就没有想过要当模特，她喜欢穿短裤和运动鞋，一副运动员的打扮，她最拿手的运动是游泳和足球。她给我看过许多她身形矫健地活跃在赛场上的照片。

有天在上班铃响起的一刻，她高举着一只巧克力的盒子，冲进大门。休息时她向每个人推销。走到我面前，她打开盒盖让我看上面写着"为2000年残奥会游泳比赛筹款"。为了奥运，也为了她对运动的爱好与热忱，没有人会说"不"。

我总觉得她的心智并不成熟，三十多岁的人了，常常做出十几岁孩子的举动。她和我们聊天，喜欢谈论各人的星座、血型、性格，这应该是中学生才玩的游戏。偶尔看到我吃的点心盒子上的商标，就是她的名字，竟高兴得又跳又笑，振臂高呼"我的名字，我的名字！"可能因为事情紧急，总经理边吃午餐，边走过我们旁边，朱丽会在作"备忘录"的白板上写：格兰姆，我知道你吃汉堡包了！弄得人家哭笑不得。有时候，她喜欢搞一些小小的恶作剧和女伴们开玩笑。比如说，午饭后你想休息一会儿，刚合上眼，她悄悄走过来猛拍一下桌子，把你惊起。你要还治她，她说无所谓，反正我听不见。有时候，她会叫某人的名字（她会叫我们任何人的名字，只是听起来都走样了），等你回头看她，她却一副无辜的样子，反问你有什么事？她大概已经习以为常，我却为她难过得想哭。

特别让人不忍心的是，有年过生日，她得到一只新型手机做礼物，每天上班，都十分珍爱地把它和钱包一起放在工作台上，好像在等待十分重要的电话，时而会像听见盼望已久的电话铃一样欣喜地奔过去，飞快地抓起手机，打开接收键，对着话筒咿咿呀呀地说几声，让人看了心里升起无限怜悯。她是多么渴望加入到有声世界，并得到有声世界的认同啊。后来她换了一个带震动、可以留短信息的手机，才真正派上用场。

朱丽的丈夫是个弱听者，有了助听器，基本上就没有什么障碍了。她慈爱的婆婆也在夜校学习哑语，为了与她有进一步的沟通。曾有人问我哑语是不是全世界统一的？认识朱丽之后，我知道不是这么一回事。有很多意思是不能用比画来表达的，他们的左手五个手指代表英语的五个元音字母，右手五个手指，加上手指灵活多样的变化，可以表达其他英语字母，然后通过手势，用二十六个字母，拼出各个单词。因此，世界各国的聋哑人应该是用自己所在国家的语言，作为交流的工具。

朱丽和我的关系一向不错。我的心算能力被公司里的西方人同事称作"电脑"，对中国人来说，这种雕虫小技是小学算术的基本功而已。朱丽每次做到大的订单，总要让我复核一下。如果要外出，她常常要求和我一起去。她把自己那辆白色的"现代"车开得飞快，在路上争强逞能，不断去超前面的车，别人抢了她的道，她就猛按喇叭，做一个大拇指朝下的手势，用鼻子哼一声，表示鄙夷。有一次，我们去电影城送台布和餐巾，开车进电影城的大门，只要出示我们的工作服，就是通行证了。在里面各个摄影棚之间绕了几圈，也没有找到先到的两辆"Pages"的卡车。只好到管理办公室去，朱丽一反常态，安静地坐在车里，让我去问。朱丽可不愿让其他人知道，漂亮如模特儿的她是个哑巴。

朱丽的脸部表情特别丰富，眉毛扬起来是问号，眼角弯下去是高兴，鼻子皱起来是思考，嘴唇咧开是得意。她也许认为人人都应该这样，常劈头问我，为什么不高兴，我没有不高兴啊。她就指导我，嘴角要往上翘，不要往下弯。还喜欢干涉我的事，结婚了吗？我不知多少次回答她，我的孩子都二十岁了。她认为有孩子不等于结婚了，因为始终不见我戴结婚戒指，她一直怀疑。

朱丽说要返回学校了。我以为是专门为聋哑人设立的学校，她说不是，她要去大学读会计课程。她尽量争取自己"看"懂和"听"懂老师的讲课。如果实在不行，她可以得到免费的传译与辅导服务。就这一点来说她生活在澳洲，实在是幸运的。

她上了学就去办公室工作了。我故作惋惜地说，那样我就见不到你了。她说没关系，我每天会来看你。果真每天一上班就来厨房，给我一个大拥抱。

谁是澳洲人

　　哑女朱丽是我们老板的女儿，跟我同事，还关系不错，但是我仍旧要说，朱丽是公司里种族歧视最严重的一个。喝早茶时，有人好心给她茶点，她指着上面的中文说，不吃，我可不想变成中国人。为了清点客户还来的货物，我用"正"字计数，朱丽看了就反对：这里是澳洲！不许写中文！我也不示弱：澳洲是个多元文化的国家！"正"字计数又快又好，不像西人画四条竖线，再加一横，容易看走眼。结果不但她口服心服，公司里的人全用"正"字作统计用。

　　有一年圣诞前，一家劳务公司送来的临时工全是中国人，他们都刚来澳洲，基本上一句英语都不会说，格兰姆就要我当小管工，指挥这些临时工。我十分努力地培训这些人遵守公司的规章制度和习惯，比如不要大声谈笑，不要叫朱丽"哑巴"，不要在饭厅的水池里漱口，公司供应的牛奶只能添在咖啡里。可是朱丽还常常吹毛求疵，厕所里有烟

120

味，她说"Chinese"，客户反映有的玻璃杯上有水渍，她说"Chinese"，有人将车泊在隔壁单位的停车场，她又说一定是"Chinse"。而且有了临时工，遇到重一点的活，她就把订单给我，让"Chinese"去做。那些临时工因为也听不懂别人怎么说他们，反而"不知便是快乐"。所有的怨气都积郁在我的心中。

有次，正逢午饭时间，格兰姆赶着出货，我带着临时工们抛光杯子，送上卡车。朱丽她们却好像与自己无关，径自去了饭厅。等轮到我们吃饭，我已怒火中烧，想想自己放弃了国内优越的工作条件，来这里受苦还受气，想想自己这些同胞，只是因为听不懂英语，被人百般看不起还浑然不知，心里又委屈又气愤，三口两口吃完午饭，我就把椅子重重地一推，走出饭厅时，还故意关门，弄出点声音。我在我们工作的机器旁坐下静一静，总经理格兰姆发现了，走过来，蹲下身子，关切地问我，发生什么事了？他这一问，把我的委屈全勾出来了，想到自己进这个公司一直兢兢业业，可是在朱丽她们的眼里，我和我的同胞们，都是一直是被歧视的对象。格兰姆一个劲儿地催促着，告诉我，告诉我。我复杂的心理活动怎么能说得清，心一酸，眼泪就吧嗒吧嗒地掉下来了。格兰姆更慌了，叫来会计朗达，她是一个精干的职业妇女，也是一个慈祥的老太太，她给我倒了一杯水，劝我去办公室坐一会儿。下午，格兰姆让我帮他做书面工作，他是会错意了，我并不怕苦怕累。后来临时工中的苏珊告诉我，在我离开饭厅后，格兰姆去责问朱丽她们：你们说她什么了！她说，格兰姆的样子很吓人，火气很大，脖子上青筋跳动，吼声如雷。可是朱丽只是耸耸肩。其实我自己想想都说不出很具体的事，每件事分开，好像都不值得那么生气，可是全加在一起，就一天天在我心里酝酿、发酵。

朱丽再遇到我，却是一副保护弱者的架势，拉我去工作台笔谈。她写：你移民来澳洲，是一件很高兴的事，是吗？又写：有什么困难和不习惯就说出来，大家会帮助你的。我不能确定，她是真不知道自己错在哪儿，还是假装的本事特别强。于是我也写：你是一个种族主义者吗？她竟然回答是的。英格兰是我的故乡。其实她根本就是在澳洲出生的。我又写：你不喜欢中国人？她顿了一下说，是的，他们不会讲英语，应该让他们回中国去。写完这句话，她两手撑开，做一个飞的姿势。又写，你不同，你已经是澳洲公民了。如果上纲上线，她这种说法是很严重的种族歧视，凭此可以对簿公堂的。因此我就把写了这些话的纸叠起来，放进口袋。这下，她也觉得有点严重了，对着我鞠躬作揖，央求我把纸条还她，想想她知错就行了，我取出纸条撕碎了，她才放心地走开。

有了这样一次交锋，我们的关系有了一点微妙的变化，以前常常是我迁就她，以后她就比较平等地待我了。看到我写中文，不再激烈地反对，还夸我饭菜做得好，比画着说，我可以做成盒饭，带到公司来卖，二十元一盒。然后她拍拍裤袋，表示钱赚多了，指着窗外我的旧车一挥手，可以换新车了。她写一张纸，问我可以带一些米饭给她吗？因为她丈夫非常爱吃中国饭菜。再写上一个大大的"谢谢"，画上一张弯眉咧嘴的笑脸。我回答她，饭没问题，菜却有困难，自己一家三口都忙不过来。后来，她甚至跟我学用中文写她的名字，把一个朱字写得上下脱开，像木柴搭起来的，她兴高采烈地给别人看：我的中文名字！

朱丽表面上也不再明目张胆地讥讽中国人了。后来更发生了一件惊天动地的事情：她的父母竟然是黑民！大家都以为是开玩笑，事实却一点也不好笑，她的父母四十年前从英国来澳大利亚度蜜月，因为喜欢这儿，就打算长期居住，把六个孩子都生在了澳洲。他们当时申请移民，自然是小菜一碟，问题是他们没有办这些手续，现在移民局查出来了，按法律应该驱赶他们出境。那些天公司里很不平静，大家都在为他们惋惜。朱丽的母亲苔丝说，我不能想象回英国，那样我会冻死的。对此，所有的中国人没有幸灾乐祸，也希望他们能补办手续后继续留在澳洲，但我们并不懂法律的有关规定。

爱尔兰姑娘玛丽亚

　　玛丽亚是个可爱的姑娘，一头浓密的棕色鬈发，同样棕色的眼睛和像婴儿一样蓝的眼白，带几分书卷气。一见面就自报家门，她来自爱尔兰，二十四岁，两年前大学毕业，现在辞去了工作，准备花一年的时间在全世界旅游，接着又热情地问我，你呢？谈谈吧。

　　我是她的同事，我们打工的单位是一家出租中心，出租各类 Party 所需要的一切物品，除了客人。我进单位的第一天，头儿就给我一份长长的顾客订单，要我去配齐。别说那长长的清单上有许多单词我从来没有见过，就是我把它们都背熟了，也不知道什么是什么啊。光是叉子就有十几种，餐前的、正餐的、水果的、蛋糕的、牡蛎的——各个不同。同样，酒杯不但分白酒的，红酒的，香槟的，还有材料的不同，水晶和普通的。勺也是，用途不同，品牌也不同。幸好有玛丽亚，想来她常出席各种规格的 Party，能分清 ABCD，由于她的帮助才大功告成。在头儿看来，我是独立完成了这份订单。

当然我也有我的长处，那些盘子的尺寸，有时用英寸，有时用公分，酒杯的容量有时用盎司，有时用毫升。这下，轮到玛丽亚抓瞎了，我却驾轻就熟，她问过我几次后，我就随手列了一份对照表给她，心里还奇怪她怎么会不明白，这不是欧洲用的计量单位吗？玛丽亚连我给她的对照表都不会用，也许是图方便，时不时还拿一只盘子或酒杯来问我，这是××尺码吗？她一紧张，鼻翼两侧的细密的雀斑就格外明显。我只要张开手掌用大拇指和小指量一下，就可以告诉她盘子的尺码，酒杯的大小更简单，只要用目测。我俩算是互帮互学，但是我的"学"很快就完成了，玛丽亚很长时间还得继续当我的学生。每次她都连声道谢，总是说，你是一个聪明人。我非常谦虚地说，这算什么，每个中国人，在读小学的时候就会这些。她马上说，那就是说，每个中国人都很聪明啊。

问她以前见过中国人吗？她说，当然，现在全世界每个地方都有中国人和中国餐馆。在爱尔兰，她见过许多中国留学生，但是从来没有像和我一样近距离接触，所以她是因为我才知道中国人很聪明的，瞧这姑娘的嘴多甜！

玛丽亚一上班就把收音机开得震天响，每听到一首英文歌的歌名，她就说，我喜欢这歌！其实从头到尾她没有一首不喜欢的。她常常央求我把洗涤机关一下，让她听清楚一点，如果手脚得闲，她还会随着音乐的节奏扭动腰肢，十分投入的样子。

玛丽亚活泼开朗也很随和，同事们故意用澳洲英语矫正她的爱尔兰口音，她也就毫不介意地跟着念。驾驶员和搬运工有时跟她开一些粗俗的玩笑，她也面无愠色，只是羞红了脸，鼻子两边的雀斑也格外明显起来。有一次我见她拿一只苹果在裙摆上擦一擦，就往嘴里送，我假装厉声说：去洗一洗！她嗔我一声"Mum！"还是乖乖地去洗了。我们的头儿连用三个"Lovely"来形容玛丽亚，可见她多受大家的喜欢。

圣诞节后，玛丽亚和同事们拥抱告别，飞往下一站新西兰，我们凑钱给她买了印有悉尼歌剧院图案的T恤做礼物，我还另外送她一块印着桂林山水的头巾，希望她去中国旅游。没想到三个月后她又出现了。原来她玩遍了周围的国家，却未能找到合适的工作，只好再返回悉尼挣她下一程的路费。

回来后的玛丽亚变得分外节约，一袋切片面包，一瓶黑白牌的浓缩橘子水，可以做她好几天的午餐。单位里有一台自动卖巧克力的机器，本来玛丽亚是每天要买的，为此还常问我借零钱，这回她请求我管住她，不再去买，同时列入削减的开支还有每天早上的冰淇淋。本来周末她有无穷无尽的舞会，现在希望星期六也有机会加班。由于她不是澳洲居民，交的税比我们高，要早日达到她预期的积累目标就很辛苦。其实她的家境挺好，还有个一哥哥就在悉尼，可是她说，决不向家人伸手，不然就等于承认自己不行。她甚至没有带一架照相机，因为对她来说太贵了。她说，没关系，所有去过的地方都已经留在她的心里了。

玛丽亚在大学里读的是意大利语，我们好像应该有谈的，文艺复兴、威尔第，还有《西西里柠檬》。不过要用英文说这些，我决定饶了自己。只有一次，偶尔谈起《蝴蝶夫人》中的蝴蝶拒绝青鸟山王求婚时，玛丽亚认为与其说她忠于爱情，不如说她是向往另一种文化。她说，一个人只了解一种文化是不够的，所以欧洲青年十分流行环球旅行，做父母的也相当支持。

在回答她的问题时，我告诉她，周游世界也是一代又一代中国青年的梦想，但是除了客观条件还不成熟以外，中国青年对事业及学业有着较高的定标，竞争很激烈，压力也很大。不过我相信他们依然渴望，并正在创造条件，出来看看外面的世界，尽早拥抱现代文明。

在回答我的问题时，玛丽亚说，中国这个国家又大又古老，需要用多一点的时间了解她，所以没有安排进这一次的旅程。下一次的旅行，她要专门去中国。

玛丽亚两次离开悉尼都没有要人送行，包括她的哥哥，因为她的行装非常简单，一个背包而已。

我们交换了地址，希望着再见，在爱尔兰或者中国。

浪漫的露丝

　　初见露丝，可怎么都没有想到她是一个浪漫的人。那天，我去上班，发现在我们打考勤卡的地方，站着一个祖母级的胖女人，右手臂挽着一只藤编的篮，里面放着面包、黄油、苹果还有鸡蛋，好像刚从超级市场采购出来，也好像是做小生意来兜售食品的，因为她篮里的量不少。同事们的眼睛里全是问号，差不多就要开口问她，需要帮助吗？她好像也觉出了什么，微笑着退开几步，然后走进旁边的饭厅坐下了。

　　上班以后，看见她跟着公司的经理穿过我们的工作场所，往深处走去，臂上的篮子已经不见了，她真要成为我们的同事？果然不一会儿，她来说，她将在公司的缝纫部工作，那里有堆积了很久的桌布、餐巾等布制品需要修改、整理。然后她就用小车推来好几大摞，准备清洗或漂白。我们用来擦拭银器和抛光玻璃酒具的毛巾是要每天清洗的，露丝

128

一来，常常在洗衣机里浸泡很多东西，每天下班前，我就要去找她腾出洗衣机给我用，互相难免都觉得有点不方便，不过洗衣机不是我家的，我也不能独霸。

到了午饭的时候，露丝对每一个进饭厅的人都露出发自内心的笑容，人人都被这真诚感染。露丝在饭厅的前窗后门，挂放了许多小盒子、水罐。原来她那么多的面包是用来喂鸟的。

本来我常常利用休息时间，打扫一下饭厅，把所有的桌子拼成一个在中间的大桌子，大家围坐在一起吃饭，说说笑笑，挺好。那天午饭后，露丝就主动打扫起饭厅。等我下午进去喝水时，眼前一亮，只见大长桌还原成一张张小方桌，布置在饭厅错落有致，每张小桌上铺上了白的或者黑白格子的台布，和桌面斜角的。每张桌子中间都放着盐和胡椒的对瓶，甚至有一只白瓷小花瓶，插一朵小红花。这下，饭厅成了一个富有情调的小餐馆，我不得不承认，在这方面，露丝就是比我强。我们工作的是一家专门出租 Party 用品的公司，桌布等都唾手可得，差的就是这份心思和情调。

露丝很羡慕我的身材，一再托将要去中国探亲的同事帮她买减肥药，指着我说，要减到跟我一样。当然还要夸中国的米饭好，因为中国人从来都苗条。

露丝从早到晚笑嘻嘻的，每个人都跟她很快熟悉起来，销售员格林扶着她的双肩叫她"Mum"，我想她也许真的是格林的妈妈，格林的销售业绩好，公司照顾他的母亲来挣点钱。事实却大相径庭，露丝原来开过制衣厂，后来觉得没劲了，关了厂，一会儿跑去做义工，帮助搞公益活动；一会儿又和一帮"老车手党"开着车到别的州游玩。我相信，不管她干什么，不管她去哪里，都会把她的笑声、快乐带给每一个人。

尽管我已经很喜欢露丝，可合用洗衣机的矛盾还是没有解决，大家心照不宣。有天快下班时，露丝一脸诡笑朝我走来，说有两个消息，问我先听好的，还是坏的，人人都爱听好的。她说，明天洗衣机先给你用。真是一个好消息，我也真的很高兴，可是后一句马上跟出来了，现在洗衣机已经坏了。这个坏消息同样使我们捧腹大笑。

喂鸟的器皿已经放好，露丝一早就把面包和水放足了，午饭以后就腾出点时间来，她在餐厅的一角落座，老花镜架得低低的，快到鼻子尖了，从藤篮里拿出一本书，专心致志地读起来，看着她丰富的面部表情，我忍不住去看看，她读的什么好书。哇！是《莎士比亚十四行诗》。

上海犹太人

当你了解了马肯·查克先生，也许会改变对犹太人精明吝啬的看法。

眼前的这位老人年近八十，身材矮小，但精神矍铄。他穿的西服，从手肘到袖口已经磨得发亮，透露出他日常生活的简朴。可就是这位老人，十几年前从新南威尔士大学副校长的职位退休时，拿出他的终生积蓄，设立了马肯·查克奖学金，去温暖一届又一届的莘莘学子。这个奖学金每年支付六到十万澳元，资助每届的一至两名学生。这样一位慷慨无私的老人，怎不令人肃然起敬？

每年都有许多优秀的高中毕业生角逐这个奖学金。有一次评审到一个从上海移民来的女学生，查克先生激动得像一个孩子一样，在会议室里走来走去，他说："我申请回避，我不能表决。因为我太喜欢这个女孩子了。她这么优秀，她是我的小同乡。"原来查克先生出生在上海，他称自己是上海人。

谈起上海，查克先生的思念之情溢于言表。他说当时有三种人，包括 19 世纪中叶被西班牙驱赶的犹太人，"二战"期间为逃避法西斯毒手的德国、奥地利、波兰的犹太人以及逃避反犹主义的俄国的犹太人，都是没有护照没有身份的人，全世界只有一个地方向他们敞开胸怀，那就是上海。在上海，他们可以逃避种族主义的残害，建立起犹太人活动的乐土。

查克先生说，他父母是比较早到的上海。可他知道亲戚中的一对夫妻，侥幸从集中营被放出来，下决心马上离开奥地利，因为虽然被放了，但说不定哪天又会被抓进去。

妻子愁苦地说哪里都不接纳犹太人，丈夫便对妻子说在集中营里听人说到一个地方叫上海。对中国一无所知的夫妇俩翻箱倒柜找出一张地图，并花了十分钟时间找到了一个黑黑的点：上海。妻子看到远隔重洋，心生犹豫，但丈夫说多远都要去，这是生路。他们连夜就离开了奥地利维也纳到了意大利，买了船票到了上海。你看，集中营里人们就知道生路在上海了！

虽然逃亡的路线是艰险的，但总比坐以待毙强。逃亡的犹太人从欧洲出发，绕过好望角，经过香港；或者穿越广袤的西伯利亚，取道朝鲜或日本。

在最初的时间里，想在上海这个语言不通、信仰不同的城市生存下来，只能依靠外界的帮助。犹太难民每天排队领取一日三餐，在露天的地方集体进餐。这些经验对于犹太人来说从未有过。

犹太人知道，仅仅靠救济无法维持一种稳定的生活，于是他们开始在这座城市里寻找自己的谋生之道。查克先生的亲戚开始在虹口做小生意，比如咖啡馆、冰淇淋冷饮店、做香肠、做蜡烛，因为便宜又是洋货，所以很快受到上海人的欢迎。

顽强的生存本能使得犹太人开始在上海安定下来，他们逐渐从局促被动的难民生活中走出，犹太人的后代有了良好的教育，他们也有了自己丰富的娱乐活动。在上海，犹太人的生活开始有了光明。

查克先生有时做梦都像回到了上海的马路，马思南路上两旁的法国梧桐，在炎热的夏天给人一片阴凉。霞飞路上有他生活了二十几年的故居。拉都路有一座犹太教堂，不远处有一家犹太人开的医院，里面有来自欧洲的最好的医生。还有一个犹太俱乐部，即使在战时的上海，遇到节日，特别是犹太新年，犹太人都会穿上最好的衣裳，用清水梳齐自己的头发，到俱乐部来开舞会。犹太人的餐馆会点燃起犹太人的有九支蜡烛的铜烛台。俱乐部里有许多从俄罗斯和波兰带来的老唱片，是流亡者的精神食粮。

我告诉查克先生，那座医院现在是上海五官科医院。犹太俱乐部成了音乐学院的一幢楼，走过那里能听到悠扬的琴声。房屋依然高大，细条子的木地板仍旧平滑，窗外的花坛还是开满了玫瑰。1994年，上海犹太人从世界各地回到这里重聚过。

他连连说，我知道那次聚会。

犹太孩子马肯·查克在上海出生，在上海动荡地但也安全地长大了。犹太青年马肯·查克在上海有了爱情，在上海读完了他的第一个学位——他毕业于上海圣约翰大学。因此，他说，我是上海人。上海是我的故乡。

但是，德国纳粹也注意到了流亡到上海的犹太人，于是一项名为"梅辛格"的计划开始酝酿，计划的内容是一次性屠杀掉在上海的所有犹太人。而纳粹的盟友日本人又指望依靠犹太人的财富来推行在中国的伪满洲建设计划。

刚刚稳定下来的犹太难民不得不抛弃他们刚刚创立的家业，面对再度的流亡。

离开上海时，查克先生家的财产没能带走，但是他很平静地说，这也公平，在这个地方得到的，还给这个地方。不管怎么样，他们全家都十分感激上海。

查克先生曾代表新南威尔士大学去上海洽谈合作项目，来接他的上海某高校的大学生，用中英文书写的大幅标语是：欢迎查克教授回上海！

是的，回上海。他是一个上海人，上海是他的故乡。

重返上海的查克先生在灯光摇曳的和平饭店舞池里，居然认出了爵士乐队中一位满头白发的老年乐师，当年查克先生和女朋友来跳舞时就认识他，当然那时，他是乐队里的青年演奏员。

最后时刻

午后阳光下，他静静躺着。医生下了病危通知，死神就在这几天降临。冥冥中，他听到了生命时钟倒走的嘀嗒声，他清楚，说不定哪天清晨来临时，那轮新鲜的太阳就不属于自己了。

好像从一个黑洞中快速下沉，蒙眬中，坐上了牛车，一声吆喝，牛车就在泥泞的道路上发出"吱咕，吱咕"的声音。冬雨淅淅沥沥下个不停，浑身上下湿透了，脸上挂满了水珠，好冷！禁不住回头看看，坐在后面的是一个女孩，他奉命从场部把她和行李一起带回连队。

随着远处一个个连队幽幽灯火透迤闪过，到了。

她好像总是独来独往，没见什么人跟她特别亲近。

他管牛车，又是仓库管理员，不用跟大家一起下大田。仅仅是帮她修了一个泥筐，仅仅是帮她磨一把锄头，她已经满心感激。

好像来到凉爽的黄昏，在田畔小路上漫步。走在原野，当晚风从海的那边吹来，友善地轻拂着面颊时，一日的辛劳已全然忘却，留下了一片淡然和温情。

忽然看到林带里同样独自散步的她，她竖起衣领，裹着衣襟。

走过她的身边，所有青春的感伤会无由上心头。

他从疼痛中惊醒了，摸摸胸前口袋中的那张纸片，下决心跟妻子说，去——找——她，看在我来日不多的分上。

妻子什么也不说。拿着这张磨损的小纸片，按照升号的规则，给这七位数的电话号码加上一位数，拨了号码，但是个空号。又按照上面的地址找去，是一个尘土飞扬，机声隆隆的建筑工地。二十多年中上海发生了很大的变化，要找她，谈何容易！

几经周折，终于找到她，她答应一定去医院看望他。看着小纸片，她热泪盈眶。

仿佛又回到了在农村林带中的散步，看见归巢的鸟，看见袅袅的炊烟，听见落叶着地的声音。好想家，泪水顺着脸颊落到嘴边，有点咸。那么悲哀与无助，这时一件衣服披到自己肩上，回头一看，是他，那个仓库管理员。

就从这一刻起，总有一双眼睛注视着自己，一种若即若离的温暖围绕着自己。

春寒料峭的季节是做秧田的时候。刚被队长用牛耥耙得平整如镜的秧田，在初升太阳下泛起片片粼粼波光。被大家亲切地唤作"长脚"的他在前拉着绳子，拖着一个酒坛，嘴里唱着："田里一只甏（沪语）啊……"跟在后面的都笑弯了腰。平整细腻的秧田里拉出了一条条小小的排水沟……

到了插秧的时候了，出工最早的一次是清晨四点钟。一片片秧苗绿得煞是可爱，但此刻谁还有去欣赏大自然美景的心情？现实是，要赤脚下到寒澈的水田中，脚碰到冰凉的水，心底总是不免有一阵颤抖。于是，有时就用长长的鞋带将旧跑鞋绕上几圈，硬是穿着跑鞋跨进水田的。拔秧很苦，半天下来，腰特别酸痛。防不胜防的蚂蟥让人心悸，有好几次，蚂蟥在腿上钻得太深了，扯不出来，快哭了。他准会出现在身旁，拿起鞋底一拍，蚂蟥掉了下来，留下一条鲜红的血迹。

插秧是往后退的，常常是她插到一半，就发现后半截已经被"无名英雄"替她插了。因为他是属于自愿来帮忙的，不用算工作量。这样，自己就有了抬头直腰歇口气的机会。

以后有了夕阳下默默的并肩而行。

第二天，她出现在病房的门口，他的眼睛忽然亮了一下：二十来年过去了。她还是那样端庄温婉。

他在妻的帮助下，努力坐起来。四目相对时，泪珠同时滚了下来。

上一次，他们一起流泪是决定分手的那刻。大家都进了工厂后，她说，父母不同意我们的事，因为我们都姓吴。

我们同姓又不是今天才知道，再说，我是北方人，你是苏州人，离得远着呢。

哦……还有，你爸爸还是"现行反革命"……

在一个漆黑的夜晚，他们来到吴淞公园，遥望对岸他们播下爱情种子的崇明岛。相对无言——不是无言相对，而是语言在那时显得苍白和无能为力。只有大颗大颗的泪在双方面颊上滚落。

他招招手，妻靠近了，这是我的初恋女友……但是，我们是那么纯洁……那么无邪……

别说了，我明白。从你要我找她时我就明白了。妻的眼里竟也泪光闪闪。我相信，那是六十年代的恋爱。

在以后的二十多年中，他们近在咫尺，也如远在天涯，从不相见，各自维护着自己家庭的安宁。

两天以后，她又来了，还带着女儿，她说，这就是妈妈爱过的吴叔叔……原来她回家后跟丈夫商量了，决定帮他的妻一起照顾他走完最后的路。

然后陪护在医院的是她白天，他的妻子夜晚。

每天，她都会带一罐精心熬的汤或粥。他装着大口吃她喂的食物，每次吃饭时一头的汗，其实他胃口极差，黄疸也越发厉害，连耳根都黄了。

她的丈夫为他请了一位中医，服后不久，肿胀的双腿居然消退了不少，被病痛折磨得寝食难安的病人，那天晚上竟整整睡了七小时。

她的女儿带来了摄影师男朋友，尽可能为他记录一些生活细节：在医院门口，一家人手牵手，一步步向前走。镜头里看到他努力地笑。阳光越发温和，给梧桐涂上了金色。被镜头割开的风景，在夕阳的最后一抹余晖里格外灿烂。

女儿没回来

桂老师是我中文学校的同事，她给我讲了一件有关出国旅游的事。

她的女儿是个出色的肠道专科医生，男朋友是"外科一把刀"。说起这一对年轻人桂老师是又自豪又心疼，因为他们在医学院毕业后，半年一轮地在澳大利亚最缺医少药的乡村行医，桂老师和先生要见女儿，都要驾车两小时以上，有时还要乘飞机。男女朋友之间，好几个月才能见上一面。最近，她女儿和男朋友一起去了非洲旅行。桂老师曾竭力反对，但年轻人就是喜欢冒险。前一年去西藏，也搞什么"自驾游"——两人行，就请了一位当地的司机兼导游，一直驾到珠穆朗玛峰下，寄回一张明信片，在路上走了整整一年，可见多么偏僻。这次计划要去跟野生动植物亲密接触一下。行程有二十天，弄得桂老师和先生整天提心吊胆。

小姑娘一路上没有少给父母打电话，天天报告行踪和平安。今天去津巴布韦的维多利亚瀑布和传统的民俗村，住狩猎小屋。明天飞越博茨瓦纳奥卡旺果三角洲，这是非洲大陆最后一块天然沼泽地，聚集着全世界数量最多的野生大象、长颈鹿、河马群。随后又去捷卡纳宿营地狩猎远征，还有东非大裂谷最有名的马赛马拉野生动物园。追逐各类野生动物的足迹，感受置身蛮荒的乐趣。最后他们又到了埃及，在电话里告诉父母，金字塔是要钻进去参观的，他们只钻了一个。通完这个电话，女儿跟桂老师说，接着就要乘尼罗河的游船了，也许没法再打电话到家里。

他们玩得津津有味，她妈听着一天比一天紧张，电话里不住地问她，累坏了吧？吃些什么？危险吗？千万要小心。紧张了二十天，总算到星期六，是女儿计划中回家的日子，一早就忙碌起来，准备了许多女儿和男朋友爱吃的菜，却左等右等不见来人。打电话去悉尼机场，请求协助查找。机场回答她飞机到了好几小时，旅客早离开机场了。当然也答应她，再去航空公司的记录上进一步查询，请她等回电。

等机场回电的时候，她像热锅上的蚂蚁在屋里来回走着。机场的回电声音依然那么慢条斯理，彬彬有礼。他们说，航班上没有发生任何意外，全部旅客平安落地。而且，最重要的是，旅客名单中根本没有她女儿和男友的名字。桂老师更慌了。电话里的小姐问她，你确认他们是上了这天的飞机？桂老师肯定记得清清楚楚，女儿说好回来的日子。作为每天都要动手术的医生，他们两个孩子做事向来很仔细，很有条理的，从不丢三落四。桂老师不甘心地问，那天还有其他航班从开罗到悉尼吗？还有其他航班从开罗到澳洲其他城市吗？万一他们赶不上，改乘去了墨尔本或者布里斯班？对方不厌其烦地一一帮她查核，还是没有。最后机场工作人员充满同情地说，对不起，我们没有什么可以再帮你的了。

"喂，喂……"桂老师拍着手中的话筒，可是没有任何声响了，她不甘心地再拨一个号，依然是机场问讯处，因为她找不到其他办法。

"请问，我现在应该怎么办？"

"也许你可以找找外交部。"

外交部？她先生在旁边听到了，从电话簿上帮她找到了外交部的电话，同时担心地说，今天是星期六啊。

无奈之下总要试一试，胆怯地向堪培拉的外交部发出求援的呼声，从来没有想过，自己会跟这些高高在上的政府部门发生关系。听着外交部的官员送来亲切柔和的声音，桂老师一下觉得有依靠了，星期六有人值班！有人关心我们小百姓的事。一着急，桂老师说话都结巴了，平时说得挺流畅的英语，这时莫名其妙地夹上普通话单词，只好一再说"Sorry""Sorry"，一手握电话，一手扯着电线，好像把电线拉直了，信息通道也直了，就能更快得到爱女的消息。

对方先确认两个人的姓名以及是否澳洲公民，然后劝慰桂老师，无论发生了什么事，都是有办法解决的。他表示立即汇报领导，然后向埃及外交部交涉，查一下这两人是否在开罗机场上了飞机，有没有离境的记录，必要时会请求埃及政府援手相助。所有情况随时会向求助人报告。

已经折腾了大半天，桂老师没有吃过一点东西，先生劝她先吃点饭，被桂老师抢白一顿：还有心思吗？还有食欲吗？

不吃饭，女儿就能回来啦？先生赔着笑脸，递过一杯水。他也着急，但似乎比桂老师冷静一点，外交部电话还没有来，又不能去催。挠挠头皮，想到查找女儿的通信录，以便发现一些线索。但女儿是个医生，在远离悉尼的各个地区行医已经十年，父母家已经很难找到她的东西。最后总算找到女儿男朋友家长的电话，想跟他们通个气。

电话打过去，先请他们别着急，我们已经在请外交部帮忙了。准亲家却平静地说两孩子是这天离开开罗，得第二天才到。桂老师绷紧的神经终于松弛，心跳也平和了。想到自己如此冒失，在周末把外交部弄个鸡飞狗跳的，赶紧再去电话，一连说了十个"对不起"，要求撤销这个案。但是对方回答她，没关系，好的，我们马上通知埃及方面不用查找了。但这案子还不能撤，要等你家孩子安全到家，请你再打电话来告诉我们，我们才可以放心地撤销。

桂老师那个感动啊，就对我说了一句：在澳大利亚交这点税，真是应该。

青春剪影

一、英雄托马斯

有个大学新生入学前接受媒体采访，被问到，你心目中的大学生活是怎么样的？他的回答是，我很向往大学生活，在大学里可以遇到很聪明的人，比如托马斯。可见托马斯不仅大名远扬，还是同龄人心目中的英雄。

英雄托马斯的确不同凡响，当同届高中毕业生正为高中会考忙得走油烹火时，他在地球那一边的阿根廷，在国际数学奥林匹克比赛场上大展拳脚。当他春风得意地捧着这次比赛的金牌凯旋时，考试日期已近，他又自信满满地走进了考场。看看所有的题目，他都欣喜地奋笔疾书，好像那些题目的答案都现成地装在他脑子里。果然，他的 TER（高考名次的排列）为一百，意思是他是全省六万名考生中成绩最好的百人之一。

历来高考成绩最好的前三百名学生，一半立志做医生，另一半则成了未来的律师。不过托马斯没有，他选择科学作为终身职业，说不定他的理想就是当澳大利亚的爱因斯坦。

　　在大学里所有让同学们焦头烂额的测验、考试，他都游刃有余。有时他还会出其不意地指出，有一道题你们是这样答的吗？得到大家一致肯定的回答，他又会笑称，那就错了。恨得人牙痒痒。

　　托马斯聪明，但绝不是"科学怪人"。他做一切同龄男孩爱做的事。他精力充沛地打球、跑步，也兴致勃勃地到处Party、美食。甚至在进入考场前几分钟，还分秒必争地从口袋里拿出四只小球，抛——接——抛——接地练杂技。

　　托马斯除了本专业的课程，还选修了其他年级和专业的课程，立志要把本大学的数学课读个一门不漏，因此他要读的书和要应付的考试是普通学生的两倍。但是你仍然可以看到，他手捧一本哲学书，时不时地拍案叫绝；他仍会告诉你，昨夜在家弹的是贝多芬或莫扎特的钢琴曲；好朋友过生日，会收到他独特的礼物——自己设计的一套电脑游戏。也许他的聪明正得益于他的博学广识，也许人一聪明，二十四小时就可以当四十八小时用了。

　　托马斯三岁来澳洲，上小学时曾被送回出生地去补充中国文化的营养，金庸小说的故事和人物，他都烂熟于心。他还作为首届海外杰出华裔青年的代表去中国考察，一堂历史讲座曾深深打动了他，燕太子丹和荆轲，岳飞与秦桧，更不用说祖冲之和张衡。但是他仍有所短——不会讲普通话。为了来我家做客，才现炒现卖地把"谢谢"两字学得字正腔圆。有人告诉他，崔青要写你，说你不会讲普通话，他绝望地申辩"我会的。"明显地底气不足，可见他也知道这问题有点严重。

托马斯令人明里暗里地佩服他，不仅因为他聪明绝顶，还因为他是性情中人。

从阿根廷比赛回来和"海外杰出青年聚中华"活动之后，他已写下洋洋几万言的小册子，记录自己的经历与感受，分送给朋友们。在他写的小书中说：

> （参加国际数学奥林匹克比赛）是我生命中极其重要的一页，也许我以后在思想上和地理上都不会走得更远。
>
> ——如果你们看到我有时走神，那并不是想我实际上并不存在的女朋友，而是在回味那段时光，在思念我的队友。

我真想为托马斯鼓掌，他是华人青年一代的骄傲。如今他正在美国麻省理工学院攻读博士学位，还是选择科学。并且他的普通话已经说得相当好了。

二、实干女孩爱琳

爱琳说，谁说托马斯是英雄？我要做托马斯的英雄。

这话并非空穴来风。在一门功课的竞赛中，同学们陆陆续续地把结果送进学校的电脑，并紧张地关注着积分的排名。爱琳在夜间十一点半才把她的作业输进去，因为那天是她的生日，她疯玩了一天。忽然发现同学们纷纷在 ICQ 她，祝贺她荣获第一名。托马斯还说，爱琳真是英雄。爱琳高兴极了，这无疑是最激动人心的生日礼物：她成了英雄的英雄。

爱琳是十一年级才插班考进精英中学的。有天听到后排的同学在抱怨：这些插班生真是可恨，他们一来，我们每次测验排名又要往后顺延几位。爱琳心中窃喜，后来也可以居上哦。同时她回过头去，嫣然一笑，很有风度地说一声"真是对不起了。"

未来的工程师爱琳喜欢穿背带裤，好像随时准备到施工现场去解决技术问题。在动手动脚解决实际问题方面，她的确是一位高手，同学们对着一大堆实验器具一筹莫展时，她已经有条不紊地忙开了，每次实验不但准确而且漂亮。

三、阳光青年鲁克

阳光青年鲁克来自一个充满阳光的家庭。无论何时，你接通他家的电话，总可以听到背景声音是一串欢乐的笑声。

当然他家有许多值得开心的事：父母都是学有所长的澳洲博士，鲁克在澳大利亚的物理、数学竞赛中都得过好成绩。可是他们也曾遭受过不幸——全家出国旅游时，发生了意外事故，父亲摔成了终身残废。可是他们仍以微笑面对，阳光依然明媚。

鲁克的本名就叫乐乐，他快乐的心情就像一颗沾满印泥的图章，往哪儿一敲，就是鲜红的一块。他快快乐乐地闯过一个又一个的学习难关，快快乐乐地得到一次又一次的好成绩。

"别烦恼，开心点！"是鲁克的口头禅，他所到之处总有人能分享他的快乐。远在上海的女大学生云，因为母亲去世而痛苦万状，同学门决定寄一些钱和一张卡片，捎去大家的关心，虽然互相并不相识。鲁克提起笔，不到一分钟，就写下优美的句子。他写的是英文，我翻译水平有限，不太押韵了：

> 浪潮退下去，将光亮的贝壳留在沙滩，
> 太阳下山了，它的温暖仍拥抱着大地，
> 音乐停止了，还久久回旋在我们心头，
> 每一份逝去的快乐，总会留下一些美的东西。

鲁克常常告诉大家，快乐不快乐，主要看你想不想快乐。

四、女权主义者金姆

一年四季头戴宽边帽，右脚往凳子上一踩，什么骂人话都敢说，这就是女权主义者金姆。

金姆认为男孩可以做到的事情，女孩一律可以做到，大有"巾帼不让须眉"的豪情壮志。她的理想是成为一个最出色的澳洲医生，然后去缺医少药的非洲救死扶伤，所以她又是一个理想主义者。

主张跟男孩子平起平坐的金姆不但学习成绩不输给男生，在各种社交场合同样锋芒毕露。一谈起政治，她就热血沸腾，仿佛世界风云都在她的胸中。面对反对亚洲移民的"一族党"，她义愤填膺，那慷慨激昂的言辞，直让人想起"五四"青年的街头演讲。

女权主义和理想主义双料的金姆，为了她的主义，早就信誓旦旦，这辈子决不结婚。可是这誓言余音未绝，她就和有着诗人气质的尼克双双坠入了爱河，可见金姆是个十分令男孩倾心的女子，是啊，她的俊俏长相，高挑身材，加上妙语连珠的口才和浑身洋溢的勃勃生气，都讨人喜欢。

令人惊讶的是金姆忽然青睐于从来不屑一顾的女红——要替尼克织一条毛线围巾。

对于金姆来说，主义和爱情究竟谁战胜谁，还在未卜之中。

五、最勤奋的学生安德鲁

如果你以为中国孩子在澳大利亚都可以轻而易举地成为好学生，以为只要中学里成绩好，进了大学更不成问题，那么听了安德鲁的故事，你也许会改变看法。

安德鲁到了澳大利亚以后，在全澳大利亚的数学、化学竞赛中先后得过七八块金牌（平均每年一块还多）。十一年级时就去参加十二年级的高中数学会考，成绩进入全省前五名。应届会考中，中文成绩是全省第三名。

无疑，安德鲁是十分聪明的，但他觉得聪明只占了成功的一分，另要加上九十九分的勤奋才行。安德鲁的用功是众所周知的。

对于学习，安德鲁是个完美主义者，他听课是最专心最认真的，他的笔记是最详尽最有条理的。为了达到他的完美，他要付出成倍的努力。不管是主课还是副课，不管是考试还是考核，他从不掉以轻心，总是精益求精。有的功课是需要一个小组共同完成的，安德鲁一定做了最难最大量的那部分，还要将各人完成的内容连接起来。

在假期的实习中，他同样一丝不苟，为了他完成的工作毫无瑕疵。

完美的态度必定换来完美的成绩。人人都羡慕他的成绩，可并不是人人都愿意发奋如他的。

有一天老师来讲课，忘了带白板笔，就征求同学们的帮助，并说，谁借笔给我，我在期终加他分。

当安德鲁不慌不忙递上一支笔时，同学们异口同声地反对："老师，不能再加给他一分！他不应该得一百零一分哪。"

六、自强不息的洁妮

洁妮六岁时，她的父母决定分道扬镳，她随了当教师的妈妈，过着清贫而宁静的生活。对于爸爸的爱和责任，她的印象只是每半年由姑妈送来的一百六十元人民币的抚养费——因为离了婚的爸爸去了澳大利亚。

洁妮长到十七岁时，在外闯荡多年的爸爸想女儿，想让她和自己一起享受澳大利亚的阳光。父女见面的那天，当爸爸的想：这女儿怎么长得一点也不像我。当女儿的心想：要是在街上遇到，我才不会知道他是我爸爸。她说，要我跟你走可以，你得先还我妈钱。每月给二十七元人民币，我连一双鞋也买不成啊。

当爸爸的虽感羞愧，但仍没有能力在亲生女儿和同居女友之间把一碗水端平。洁妮在迟来的父爱和准后妈的白眼中一天天地过着。

半年后的一天，洁妮放学回家，开门就见爸爸俯卧在客厅的地毯上。叫爸爸，爸爸不答应；推爸爸，爸爸不理她。爸爸，你别吓我呀！可是纵使她喊破嗓子，爸爸也不会再理她了——他死于心肌梗塞。

慌了手脚的洁妮在有关部门的帮助下，将妈妈接来澳大利亚料理后事，同来的还有两个姑妈，看在死去的爸爸分上，让她们再见他一面。没想到，丧事过后，父亲的同居女友和姑妈之间为了父亲少得可怜的遗产，展开了一场争夺战。澳大利亚的法律虽然明确规定洁妮为唯一的合法继承人，可是她却无法动用，因为她还不满十八岁。而她到澳大利亚才半年，要满两年才能领取社会福利。来探亲的妈妈没有工作许可，母女俩的衣食住行都成了问题。

洁妮陷入了两难的境地，留在澳大利亚吧，没有经济来源；回中国去吧，学籍已经注销。既然进也困难，退也无路，洁妮决定咬咬牙，自立自强地生活下去。

我在一个偶然的机会认识了洁妮和她的母亲，像每一个有同情心的人一样，我想应该帮帮她们，可实际上我的帮助仅仅是打了几个电话去鼓励这个十七岁就独自生活在他乡的女孩。

听到她的高考成绩，我夸奖她真是不容易。她却叹了一口气说，考得不好，远远低于自己的期望目标。然后她又略提高声音告诉我，她在经济上没什么困难了，并且在暑假里打着两份工。未来会有新的困难，但她充满了信心。我欣慰地感到，洁妮已经走出困境，她长大了。

"老实说"先生

　　安琪边推门边欢快地大声喊："爸爸，我来了。"屋里传出老人的浑厚的嗓音："来就来，有什么了不起的。"父亲说话风趣，要是心情特别好的时候，他就会继续说："老实说，你也不是什么了不起的人物，回来还要我敲锣打鼓地迎接吗？"

　　安琪的父亲是位历史学家，课堂上，旁征博引，挥洒自如，上下纵横，滔滔不绝。讲学谈艺，不需查阅，随口而谈。退休后跟小女儿移民到了澳洲，还不忘他的史学著作，但也努力学习和适应新生活，他称与自己同样情况的老人是"夕阳移民群"。

　　父亲端坐在长沙发的正中间，手里拿着当天的中文报纸，遮住了半边脸，他现在年纪大了，腰椎间盘突出，眼睛和颈椎也不允许他长时间在电脑前写作，需要经常站起来，走一走，到沙发上坐坐，看一会儿书报，再站起来，回到电

154

脑前，继续敲击键盘。

安琪这几天特别忙，因为她的丈夫得到了新加坡南洋理工大学的录用通知，她也在那儿找到了相应的工作。他们将带俩孩子一起移居那儿。剩下父亲一个人在澳大利亚，总有些不放心。她跟父亲说好，帮他请一个钟点工。爸爸先是不同意，好说歹说，不然女儿要心挂两头，工作也没有心思啦。父亲总算有点松动了，又提出，工资由他自己付。这安琪怎么也不答应，她说，父亲的老年津贴本来不多。但父亲说，他不想成为儿女的累赘。

坐在父亲的对面，安琪给自己倒杯水，边喝边从报纸的侧面观察着父亲。"你看我干什么？"父亲突然问。安琪说："老爸你好厉害啊，你在看报纸怎么就知道我在看你。"父亲依然举着报纸，嘿嘿一笑："你是我的孩子，老实说，听你的呼吸声我就知道你想干什么，你以为七十五岁的人真的都不中用了吗？你还应该知道七十五岁老人的智慧。"

安琪确实想找个钟点工，在他们搬走后给父亲一些帮助，后来经人指点，在本地的"老人服务社"申请后，他们能派社工每周来父亲家两次，每次两小时，帮他做一些力气活，带他出去买一次菜。但父亲的脾气她也是知道的，最怕麻烦别人。安琪只有动用自己的聪明，碰碰运气。

"爸爸，我们全家的机票已经订了。咱们昨天说好了的，那留学生再过五分钟就来。"老爸终于放下了报纸说："你说是个留学生想锻炼自己，也想勤工俭学，这样的孩子真懂事。来了以后他学习忙了，老实说，我也可以照顾他嘛。"安琪连连点头，"老爸真好。"然后就到门口去了。

不一会儿她领进一个小伙子。"您好！"小伙子跟她的父亲打了招呼，"我今天就上任吗？我帮你清洁还是开车带你去买菜？"

老人说："坐下，先坐吧。"小伙子挨着小沙发的扶手小心翼翼地坐下了。老人用略带审视的口气问，多大了？来澳洲几年了？在学校读什么专业？

小伙子拘谨地说，我在悉尼大学学信息专业，课余在"老人服务社"当社工。我照顾过好些个中国老人，您放心……

父亲揶揄地看看安琪，好像揭穿一个大骗局一样，有点得意。却不动声色地继续问：她答应给你多少工资？

安琪没想到父亲还来这一招，朝小伙子拼命眨眼睛，他莫名其妙，继续说："不用工资的，您放心，我们的工资是政府支付的。"

老人放下了报纸，脸上有了恍然大悟的神情，"难怪你说工资由你直接划账，还想瞒天过海？"转而向着小伙子："老实说，我的老年金虽然不多，但是省着点花，还是可以挤出一些来支付你的服务。她说你想勤工俭学，自食其力，如果这样，我不妨把你当个小辈，也算对你的支持。"

"免费的服务，我是不会要的。对这个国家，我充满感激。我已经不能为她做什么贡献了。但是我活一天就想着为国家减少负担，"老人好像对着安琪和小伙子说，又像自言自语，"我每天早上在小公园教这里的老人打太极拳，每周三去'同乐会'和中国老人叙谈，每周六可以去图书馆的凤凰读书社活动。我会寂寞吗？"

他仰起头来哈哈笑了几声，然后慈祥地对小伙子说："你还年轻，还应该努力学习。老人服务社可以为真正需要的老人去服务。你看我准备了这个小行李车。"他手指门背后，那儿有一辆崭新的小推车。"多少老人都是这样去买菜的。自己能动，我还是想动动。古人说'不妄作劳，故能形与神俱动而生'。我需要的不是钟点工，是活着的意义。"

小伙子走了。父亲带着胜利者的得意，说："琪儿，你是爸爸的贴心小棉袄，还不了解我的心吗？"

安琪笑着说："我怎么不了解啊！我也跟您老实说，我揣摸一个月，才想出一个既能调动你的崇高感又能给你找个帮助的法子。没想到您老这么精。我总算知道什么叫七十五年的人生经验了。"

他们想念上海

　　在澳大利亚的很多上海人都有这样的奇遇：对方明明长着西方人的五官和身材，却亲热地和你认老乡。我和绍切先生就是这样认识的。

　　本来，我只知道他是"朱丽亚爸爸"，朱丽亚是我女儿的中学同学。女儿告诉我，朱丽亚爸爸是个出色的电脑专家，在他的儿女们的印象中，他不是去美国开会，就是在家睡觉，他实在太忙了。我女儿上大学电脑专业后去过他的公司，那是一家专门为国防需要做模拟试验的电脑公司，办公室里放满了飞机、大炮、军舰的模型。

　　直到有一天，女儿去参加朱丽亚的生日晚会，午夜时分我们去接她回家，才见到了主人绍切先生。孩子们还在游泳池里嬉闹。绍切先生温文尔雅地向我们道谢，热情洋溢地说，我们是老乡。绍切先生身材高大，鼻梁挺直，深褐色的眼睛与鬈发，以及舌尖上滚动的那个俄语特有的卷舌音，你会忍不住想叫他华西里或安德烈，可是他说跟我们是老乡。他说，他和父母、岳父母、太太都出生在上海。他握握我先生的手，又跟我拥抱了一下，亲热地说，我和你们护照上的出生地都是一样的。

他对着屋里高声叫他的母亲，一个白白胖胖的老太太和蔼地微笑着，蹒跚着走出门来。听说是上海老乡，她要说几句上海话。但是她说的上海方言，因为过时和发音不准，我们已经很难辨别。好在我们小时候学的是俄语，会简单的问候，他们高兴极了，说我们说的问候语也嫌过于正式。我说，当然要正式啊，我们非常敬重你们啊。大家笑着，也忘记我们要接女儿回家了。看着老太太，你也会想叫她娜塔莎，你也会止不住想问问她，是不是曾经在上海的租界教过人弹钢琴？她的意识好像跟我流到了一起，竟然对我说，我在上海没有教过钢琴和舞蹈，但是教过人学俄语。做家教时，我送了一本《洋葱头历险记》给那个学生，后来听说他把它翻译成了中文。

我回答说，我读过那本书的中译本，那是一本很有趣的儿童读物。她感觉遇到知音了，客气地把我们让进屋。换上了舒服的软底拖鞋，踩上厚实的羊毛地毯，走进她家宽大的客厅。老太太感叹，上海老乡真是难得一见啊。还责怪她的儿子，为什么不请我们参加孙女的生日晚宴，可以尝到她亲手做的香肠和浓汤。

我们在铺着洁白桌布的餐桌前坐下，绍切先生提议，要不要来一杯"可爱的水"——伏特加？可是我们要开车，退而求其次，男人们端起了布满白色泡沫的金黄色液体。

　　绍切先生一家在上海生活过，对他们的生活，我有着一份稔熟，从我办公室的窗口，可以看到新乐路和襄阳南路交界处那个东正教的教堂上洋葱式的蓝色圆顶。在岳阳路汾阳路的街心花园，黑色铸铁栅栏围着高高的普希金铜像，诗人的脸上是俄国人特有的温柔的忧郁。梧桐深深的淮海路上，坐落着"上海西菜馆"，供应的是俄式菜，恋爱时节我们常常坐在咖啡色的火车座上，吃着罗宋面包和乡下浓汤。据说，这些厨艺都是当年的俄国大师傅传授的。后来我们也学会了做那个有卷心菜、土豆、红肠的汤。

　　当我看到这一切时，绍切先生一家已经远离上海了，他们生活在上海的年代，从我父母口中听到更多：俄国公主在舞厅伴舞，俄国音乐家在酒吧里弹琴，俄国的芭蕾舞在剧院里上演，俄国人开的皮草行一直在我长大以后，还沿用着原来的店名。那时的霞飞路据《申报》描绘："行列整齐的梧桐，黑白相间的仲夏遮阳伞，含有浓重俄国味的店招，高加索式的粗厚用具，莫斯科近郊式的花坛，伏尔加河流域的烈酒，东欧化的西菜，粗犷而深沉的歌声，以回旋为主步的舞蹈，这一切令人惊叹不已，也使霞飞路及其附近，很快就被称作'东方的圣彼得堡'。"正因霞飞路到处都充溢着帝俄时代的情调，所以许多俄侨将它戏称作涅瓦街，而上海人则直呼其为"罗宋大马路"。但少年时代的我，因为对赤俄的无限崇拜，对白俄时代的文化有着盲目的排斥。

她听我们这么喜欢俄罗斯的饮食，又问"东海咖啡馆"还在吗？它位于南京东路外滩，这也是上海最早喝咖啡的地方之一。

在啊，在啊，我们没到澳洲之前也常去那家店吃西餐。

老太太说，那我们再约个日子，你们来我们家做客，然后，你们一定要回请我们一家。我们可太想念上海菜了，四鲜烤麸，糖醋排骨，腌笃鲜……小笼包子和馄饨。这些你一定比我做得好吃。

绍切先生连声说，还是妈妈想得周到。那我们说好了，你不但要请我们品尝你的手艺，还要免费教我的太太——她可以在厨房里给你当下手，然后我可以经常尝到可口的上海菜了。多美啊！

奶奶，别走！

    雨还没有下，天气闷热极了。甄奶奶走出家门，是孩子们放学回家的时候了，抬头看到天上布满了灰色的云；低头看到地上有一大队的蚂蚁，由西向东急急忙忙地迁移。密密麻麻的蚂蚁群扰得她心更烦。坐在台阶上，她用一根树枝去干涉蚂蚁们的去向，引导它们从东向西走。可是蚂蚁们非常执拗，被她拨过去了，一回头又绕过树枝，重新向东进发。甄奶奶叹了口气：真是不顺心，连蚂蚁也跟我过不去。

    她满脸愁容，直到看见橙色的校车出现在前面街道的转弯处，才恢复了她弥勒佛一样的笑容，扔掉树枝，张开双臂，迎接那对小姐弟。

    三人刚进家门，一声响雷之后，雨点就噼里啪啦地往下掉。

    甄奶奶像一般随和的老人一样微胖，总是笑着，就像一尊弥勒佛。六年前，她刚送走得了绝症的丈夫，就被儿子从上海青浦接来了美国西雅图。

虽在小镇，甄奶奶因为勤劳和聪明，早就是镇上小富；虽然文化不高，但十分重视孩子的教育。儿子在上海大学毕业后，和媳妇一起去澳大利亚留学，然后又辗转到了美国。又是上学又是找工作，然后等绿卡，然后买房子，年龄眼看着大了。媳妇三十五岁时，甄奶奶忍不住问儿子媳妇，什么时候生孩子？

生孩子？我从来没有想过，没有时间想。媳妇也很委屈。时间和精力都耽误在辗转移民的路上了。直到甄奶奶也移民美国，一家人安定下来，他们才把生孩子的事提上日程。

甄奶奶精心为怀孕的儿媳调养，十个月后，一对可爱的龙凤胎姐弟降临到他们家。多少人羡慕他们，但是多少人都知道，同时养两个孩子比养一个孩子的辛苦不只是乘以二。好在甄奶奶身体硬朗，能吃苦耐劳。

儿媳休完产假，甄奶奶就把两个宝贝的小床搬进自己的房间。两个孩子常常来两部轮唱，刚把一个哄睡着，那一个又哭了。一个刚换了尿片，另一个又湿了。甄奶奶最长的一觉也只有一小时。日日夜夜就是她单挑，她乐在其中，乐此不疲。儿子说，可以请一个保姆，公司也能报销一部分费用的。但甄奶奶乐呵呵地摇摇手，不用，不用。自己的孙儿自己带。

眼看着甄奶奶掉了几斤肉，微胖的身材变苗条了，弥勒佛一样的胖脸也消瘦了。她还是那么乐呵呵地说，自己的孙子，当然得自己宝贝。

一对龙凤胎姐弟三岁就可以去幼儿园了，甄奶奶可以轻松一下。但是弟弟去了两天，就有问题，还是过敏和抓痒。儿科医生说可以吃一种药控制痒的感觉。甄奶奶可舍不得，这么小的孩子就吃药，影响健康那是一辈子的事。于是姐姐上学去，弟弟还是留在家里，她亲自照顾才放心。

现在小姐弟都五岁了，上了学前班，每天她只要接送他们上下校车，然后陪伴他们，两个孩子也跟她特别亲。还喜欢一左一右坐上奶奶的腿，争先恐后地说学校里发生的一切。

甄奶奶的日子越过越滋润，可是前几天，媳妇说，外公外婆至今还没有见过这对龙凤胎宝宝，这个夏天，他们想来美国探亲，看看外孙。

家里四个房间，早就对号入座。亲家来，住哪里？不管"剪刀石头布"还是抓阄，答案肯定只有一个。

所以甄奶奶郁闷啊，眉头紧皱，好像眉心拧了一颗螺丝。所以晚上家里的气氛就有点像雷雨前的乌云密布。

儿子和媳妇的意思很明白，甄奶奶可以回青浦去住一阵。甄奶奶也早有回国探亲的愿望，但你们知道七月到九月是西雅图最好的季节，难道就忘了，那是上海最热的日子？

前几天跟你们说过，我的老年公寓排期近了，眼看就能分到，你们就忍心让我放弃，下次重新排队？

孙子孙女好不容易从大人的话中听出端倪，他们不约而同地各自拉住奶奶的一只胖乎乎的手，异口同声地说："奶奶，别走！你可以睡我的房间。"

儿子法官

　　西子从中文学校教完课，急急忙忙地赶回家，丈夫为了第二天的 Presentation，星期天还得去学校和同学讨论。她把儿子从邻居家里接回来，又忙着剁菜包馄饨，儿子拿着纸和笔，在旁边喋喋不休地吵着要妈妈教他画船。

　　窗外是悉尼少有的大风大雨，丈夫裹着一阵狂风进了屋，西子像找到了救兵，把儿子的要求一手抛给了他爸。菜剁好了，肉还没有化开，知道他们都饿了，她有点手忙脚乱，拌馅，包馄饨，烧开水。忽然又听见"啊呀"一声伴随着更响的"嗵"，什么东西倒地的声音。接着就是儿子大哭的声音。西子从厨房探头看客厅，大声责备着丈夫：你还想吃晚饭吗？一点忙都不会帮！却见儿子倒在小黑板前的地上，丈夫扶起他，惊慌失措地瞪着西子。原来，丈夫想起做的幻灯片还有一点需要修改的地方，就把儿子领到小黑板那儿，让他自己画。儿子画了船，还想画天上的鸟，爬上了小凳，没站稳，小黑板下有一只没来得及收拾的簸箕，别看是塑料的，却把儿子的下巴磕出一道口子，鲜血直流。

夫妇俩谁也没说话，配合十分默契，一个拿伞，一个抱儿子，冲下楼，冲进车库，西子从丈夫手里接过儿子，丈夫发动了汽车。还好五分钟车程就有一家医院，但急诊室里有满满一屋子的候诊者。有个负责分流的护士给他们一块消毒纱布按住儿子的伤口，就再也没理他们。西子忍不住到护士台问了几次，回答是，要先抢救有生命危险的病人。她气不打一处来，要是在上海，凭熟人关系，还不早让儿子进手术室处理，一定是最好的医生，外加轻声细语安慰。一等等了两小时，医生倒是和蔼可亲，手势也非常灵巧，不到五分钟就缝好了伤口，还一再表扬她儿子"好男孩""真可爱"，跟他们说，没大碍，明天仍然可以去学校上课。过五天就能拆线，伤口愈合后不会留疤痕。

雨停了，可是家里的暴风雨开始了。

西子指责丈夫，没有一点责任心，看几分钟儿子都看不好。

丈夫争辩了几句，说谁把簸箕放在小黑板下的？

唉，明明是你自私，还怪簸箕不好。

是不是你没有把簸箕放回厨房的？

家里什么事都要我操心？你读个 MBA，就了不起了？

别的同学老婆都……

那好，你去找别人家的老婆。我不跟你过了！

儿子大叫：别吵啦，我饿呢！

这才想起锅里的馄饨，打开一看，全都成了面坨坨。哪里还分得清是馅还是皮！

大家精疲力竭，没法再重做，只好将就吃面目不清的馄饨汤。

第二天，丈夫自知理亏，起了早，做好了早餐。西子照例不睬丈夫，丈夫嬉皮笑脸地说，还没有解冻啊？都过去八小时了。要不你吃归吃，吃了依然可以不理我的。

丈夫是来澳大利亚留学的，西子和儿子算陪读，一家人向往着丈夫毕业后找到合适的工作，就顺理成章地移民了。但移民的路真是艰难啊，举目无亲，一切靠自己。陪读者可以打工，所以西子平日在餐馆端盘子，周末还到中文学校去教课，靠的是她在上海当语文老师的底子。

想起这些，西子也渐渐气平了，儿子的下巴摔破了，已无法挽回，好在医生说无大碍。丈夫学习也辛苦，天下没有一个当父亲的会故意让孩子摔疼流血的。

下午回家后，丈夫已经从学校接回了儿子，父子俩在粘一只风筝。丈夫过来接她的手提包，她仍然一甩手。

到底是儿子跟她亲热，用稚气的童声问，妈妈，你还生气吗？

西子还没有找到台阶下，但做饭的责任一点不马虎。

晚饭后，儿子翻开一个本子：

妈妈，我念我的作文给你听吧："……只见老妈手持宝剑，冲出厨房，老爸抄起狼牙棒，紧随其后，说时迟那时快，转眼两个人已杀成一团，这顿好杀，只杀得天昏地暗，飞沙走石……"

西子忍不住笑出声，儿子紧接着说，爸爸妈妈，我来评评理。爸爸前天还帮妈妈捅了窗外的马蜂窝，上星期还修了水龙头……当然，妈妈对家里的贡献更大。爸爸你想，你这么大了，还要上学，妈妈去工作挣钱。每顿饭都是妈妈做的，衣服都是妈妈洗的，妈妈一周工作七天，多辛苦啊。所以昨天这事，爸爸有十分之六的错，妈妈有十分之三的错，还有十分之一是我的错，我以后爬小凳要格外小心。

七岁的儿子看来有做法官的天分。

你好

　　和史蒂文一家的友谊，是从他的女儿克罗蒂亚开始的。

　　刚搬来新居的一天，我在前花园扫落叶，听到一声奶声奶气的"你好！"回头一望，是一个笑容可掬的澳洲男子，他背上的漂亮女孩在跟我打招呼。那男子对我说，他叫史蒂文，这是他的女儿，叫克罗蒂亚，才五岁，在幼儿园最要好的小朋友是中国人，所以她看见中国人挺亲热。史蒂文结结实实的身体，皮肤是澳洲人久经紫外线的褐红色，络腮胡子，架一副式样过时的眼镜，深深的抬头纹和灰白色的头发，显见是五十多岁的人了，有一个才五岁的女儿，怪不得那么宝贝，还驮着她。他们是去教堂参加圣诞节的活动。

　　两天以后就是圣诞节，史蒂文又带着女儿来我家做客，他送的是圣诞蛋糕，我请的是龙井绿茶。在交谈中，他进一步告诉我们，他在澳洲航空公司工作，他是澳洲人，这意思就是说他是英裔，到澳洲好几代了。他又提出可以帮助我们安装门前的栅栏，可以用业余时间教我学英语。虽然早就听说澳洲人淳朴热情，可还是怕他热心帮助我们是为了劝我们入教。我知道史蒂文一片好心，但是我们生长在一个唯物主义的国家，现在这把年纪，再要我相信人类是上帝用七天时间造出来的，恐怕很难了。

女儿是我们家英语最好的，在旁边说："我妈妈是'共产主义者'。"

我急忙打断她："别这样说，应该说我是唯物主义者。"

但是十六岁的女儿也是刚来澳洲的新移民，掌握的英文词汇不多，她不知道怎么用英文说"唯物主义"。我只好将错就错。

果然，没过几天，史蒂文又来邀我们一起去教堂。我们推说没有时间。史蒂文向我们挤挤右眼，叫我们为"共产主义者"，就走了，我知道澳洲人都爱开玩笑，也不必认真地计较什么。刚搬来这儿，很希望有一些新的朋友，特别是不同文化的。但是为了避免尴尬，我们决定不和史蒂文家走得太近。

但是有朋友总比没有朋友好，特别是个本地人。我们遇到困难，也会想到找史蒂文商量。我想请他们帮助找一份工作，比如到航空公司做清洁工也行。他们听说我原来是环保工程师，就说应该先学好英语，再找环保工程师的工作。他们认为专业知识不能浪费，我却挣钱心切，生存第一。等我找到一份并无专业，但可挣钱的工作，他们还是为我高兴，并说，他们为此祈祷过了。

我依然是个无神论者，不知这种祈祷是否真正有效，但是他们一家的善心，传递给我们的关爱，已经让我觉得新生活中多了一份亮色。

很长时间，史蒂文没有向我们宣传关于基督教的一切了。一天，一只嫩黄夹翠绿色的小鸟跌落在我家后院，赶它也不飞。我蹲下去，发现它的翅膀有点异样，它只会用脚跳动。我就找了一只小篮，穿根细木棒给它站立，再在旁边绑一只小盒子，盛一点水，撒一些面包屑，给它安个临时的家。我边做这一切，边说你的家在哪儿？你妈妈要着急了。早点养好伤回妈妈那儿去吧。正好史蒂文又带着女儿来串门，问我嘀嘀咕咕的说些什么？然后有点惊讶地说，你们共产党人也爱护小生灵？我这才笑着告诉他，我不是共产党员，我是受过共产主义的教育，但是爱护生命、同情弱小、善待他人，善待每一个生命，这不是人类的共性吗？史蒂文直朝我挤右眼，虽然这是他的一个习惯动作，但这次我看到了心灵相通的默契。

前几天下班回家，克罗蒂亚正在叩我家的门，原来那天是国际红十字日，她是来募集捐款的。不经意中，克罗蒂亚已经长成一个二年级小学生了，她笑的时候露出两只门牙的缺口，鼻梁上也架了一副近视眼镜。平时遇到这种募捐，投几个硬币就可以了，因为是克罗蒂亚，我放进一张十元的纸币。克罗蒂亚忙说谢谢，还给我开了一张收据，说可以扣税的。

我说，克罗蒂亚，我现在是一名中文教师，你还喜欢学中文吗？我可以教你。她响亮地说了一声"你好！"

辞职

我最小的学生是七岁的安。她爸爸在香港工作，平时家里只有妈妈和小弟弟，家教比较严格，上的是贵族学校，妈妈接送上下学，少与外界接触。就是我这个中文教师，也是经过她爸爸严格挑选的。我成了她不多的朋友之一。每次上课前后，她总会兴致勃勃地告诉我发生在她学校里的事：二十个女孩要在某个老师的婚礼上表演童声合唱；她的同学家里养了一只叫罗吉的小狗；昨天的游泳比赛她得了两项第一等。在学校的短假中，她会问我，老师你小时候玩什么游戏？于是我除了教中文也教她折纸工，陪她玩踢毽子、跳皮筋。帮她解答了学校出的智力题，她和妈妈一个劲儿地谢我，看来我这个老师还是蛮受欢迎的。

悉尼每年都举行中文朗诵比赛，我鼓励她去参加，在规定的材料中为她选了一首儿童诗。那诗歌说：小蝌蚪，小尾巴，游来游去找妈妈。妈妈，妈妈，你在哪？来啦，来啦，我来了，跳出一只大青蛙。为了形象化，我告诉她，我小时候常在春天到家附近的公园，用玻璃广口瓶舀起一群小蝌蚪，放几粒米饭，在家养着，看它们渐渐长出四条腿。她问我，后来呢？后来，长出四条腿，它们很快就不见了，也许是去找妈妈了。那它们找得到吗？我说一定找到了。

朗诵比赛中她得了她那个年级组的亚军，而且是普通话组的，她的父母都只能讲广东话。他们非常高兴，决定奖励她，也奖励我辅导得好，允许我们去郊外在大自然中上一堂课，她爸开车，我们坐后座，以便讲话。我俩正好来到一条小河边，我灵机一动，在浅水里捧住几尾小蝌蚪，并用一片荷叶放点水裹起来，交给我的学生安，我说，带回家去，放在空玻璃瓶里养着，就像我小时候一样，你可以观察它们的变化，把它写下来。我很为自己的念头自豪，自觉很有童趣，简直是"理论联系实际"。

正在旁边扑一只彩色蝴蝶的安听到我的话，回过神来，非常坚定地摇了摇头，看着我的眼睛，"语重心长"地说："老师，你不逮它们行不行？它们还这么小，能离开妈妈吗？能离开这清清的河水吗？放到玻璃瓶里，它们怎么长大呀？你听，它们的妈妈正呱呱呱地唤它们呢！"

我赶紧把蝌蚪们放归在河水里，并且为自己小时候的举动脸红。

在回家的路上，我给她讲了孔融的故事，这是为下周的课文作铺垫。话说中国古代有个有名的文学家孔融，他从小就聪明异常，六七岁的时候参加一个宴会，那里有许多大学问家，大家出难题考他，他全都答对了，于是众人称赞他，只有一个人有点不服气，当着大家的面说："我看小时候聪明的人长大后不一定聪明。"孔融也不生气，笑嘻嘻地说："……"

说什么呢？你想想。安的回答，我和她爸都很满意。她也很高兴，说，我喜欢这故事。

下周读的是教材中的《孔融让梨》，读完课文，我问她，以前听过这个故事吗？她说没有，还说，她一点也不喜欢这个故事。我奇怪地问她为什么？她却反问我，孔融挑最小的梨，真是他自愿的吗？当然是自愿的，这就是我们为什么要讲他的故事，要学习他做好孩子的原因啊！

可是，老师，我也是好孩子啊。她的语气和神态是不容置疑的，但是我想，妈妈叫我挑吃的，我一定会要最大的最好的，除非傻瓜。或者我不跟弟弟争，随手拿一个。如果爸爸妈妈跟我说，好孩子要把大的留给弟弟，自己吃小的。我也愿意吃小的。如果爸爸妈妈说，你和弟弟比赛，谁听话，谁吃大的，我还是要争取吃大的。

我又一次觉得是这个孩子教了我，真实坦白不矫饰，这才是真正的童心！我承认她讲得有道理。我相信孔融让梨的举动也是在父母的教育和家庭儒家"礼让"气氛的熏陶下培养出来的。

童心的纯洁、可爱、有趣，让我感觉自己是个"旧时代"的知识分子，怕自己教坏了孩子，旋即向她父母提出辞职。

她父母勉力挽留我，说正考虑加你工资呢，以后弟弟也由你教。但是我很坚决，我知道，光有中文知识是不够的。要改变自己的许多观念，才能成为一个合格的教师。

年轻的旅友

　　2006 年，在欧洲十二国游，与我为伍的大部分是在英国留学的中国孩子。伦敦的气温只有 13℃，他们衣着单薄，甚至是夏装。活力四射的青春，令人既高兴也有点担心，年轻人精力充沛，动作灵敏，对我这样的老弱病残是不是一种压力？

　　当导游要介绍布鲁塞尔广场上的骑士雕像时，有人就抢在他之前说出"堂·吉诃德"的名字。导游提起荷兰的名人，又有人横空出世地说出"凡·高"。说到当晚住的酒店是 Nototel，马上又有人接着说：全欧有名的连锁酒店……这些年轻人真是了得，知识丰富，思路开阔，反应敏捷。后生可畏，我暗自感叹着。

　　但是他们中有人耳朵上缀满了钻石。有人穿着四截衣——从下往上数：牛仔裤、裙子、花内衣、短外套。有人从衣服到鞋，从帽子到雨伞，从提包到墨镜都显着名牌的标志。有六个人说，他们是一起的，于是蜂拥而上，蜂拥而下，很少顾及别人。在瑞士的名表店，在意大利的皮革厂，在巴黎的"老佛爷"百货大楼，他们出手不凡，淋漓尽致地表现自己的购买力，个个手里大包小包的。问一声：买好了？他轻描淡写的回答是：买个包而已。而已？那可是路易·威登啊。在斯华洛斯奇专卖店，有个男孩对我说，很便宜，只花了三百元。便宜？这可是三百欧元。这时，我会感到深深的代沟，他们还是纯粹的消费者，不知生活的艰辛，在英国留学本来费用就高，家里没钱谁能来啊。

车在欢声笑语中行驶着。快到奥地利了，导游让大家温习早已烂熟于心的《茜茜公主》，忽然，我们后排的电视屏幕在闪出两条奇形怪状的白光后就一片漆黑了。有人告诉了导游，导游问了驾驶员，驾驶员就下车去检查电箱。好一会儿没有解决，大家就说，电视，我们可以不看，快赶路吧。时间已经一点，离目的地因斯布鲁克只有五十千米了。可是事情不那么简单，传动轮的皮带断了，并且有一只轮子偏心了。

时间在等待中飞走了一小时，导游拿出自己开了封的香肠片、巧克力，请大家垫饥，虽然杯水车薪，也属有心。早过了午餐时间，可是他的食品在旅客们手中转了一圈，却都说不饿。不但如此，在传送的过程中不断有新的食品加进来。我看见靠门口的那个强壮的小伙子拿出一大包饼干，也听见后排的两个深圳的女孩正商量着捐出她们的"蛋黄派"。事故变成了一次爱心活动。这些孩子们在旅游中体力消耗大，饭量也大，每天晚饭以后，都看见他们去超市买大量的零食，可是现在都说不饿。最后传到导游手里有一大堆吃的，问是谁的捐赠，却都成了哑巴。

"道路服务"来了两辆车，又引路又保护地把我们的车送去了修车厂，那天我们到目的地是下午四点，到住宿处是晚十一点。本来可以换另一辆车的，但大家想到这是我们驾驶员的最后一次长途驾驶，为了让他圆满退休，我们愿意等他的车修好。

一次意外，考验了旅友们的互相理解、宽容、友爱、无私、先人后己。那些年轻的旅友在关键时刻的表现真的令人信服。

他们不仅本性善良，处理问题的能力也不一般。在罗马，因为市区不能进大巴士，我们要改用其他交通工具，有一段是乘坐当地的地铁。晚饭后，导游说还要乘地铁回去。一天走了十千米，大家都疲劳了，所以都长长地"啊"了一声。外面又下起了雨。这时导游才告诉我们，地铁之说是个玩笑，只要走十分钟，就能看到为我们预定的汽车了！

雨伞不够，大家又是相扶前行，总算看到接我们的汽车了。导游的手机响了，是一个女孩打来的。因为没有听到导游此前的交代，她从厕所出来不见了众团友，独自奔去地铁站，被一拥而上的几个彪形大汉吓蒙了，只好再返回饭店。被接上车后，女孩当然十分委屈：有你这么当导游的吗？三十八个人你是怎么数的？还说要坐地铁，这种玩笑是可以随便开的吗？

难怪，语言不通，孤立无援，一个年轻女孩该是多么担心和害怕。导游本是想开个玩笑，却开出事儿来了。我也不知道该怎么劝慰，只听一个大家都很熟悉的宛若黄莺的女声说，我们大家鼓鼓掌，为了导游和××消除误会。掌声响起了，导游顺势诚恳地检查自己的不足。这女孩也为自己的一时冲动出言不逊向导游道歉，能化干戈为玉帛的孩子，比我聪明。

十几天的相处，不免生出一些依依不舍来。最后一天上车之前，一群男孩女孩一到十三地报着数，然后很快排列有序，并请旅友为他们的十三只相机一一按下快门。

原来前一夜告别法国大餐后，他们自行去埃菲尔铁塔上观看巴黎夜景。名字和脸还对不上，为了不让一个人掉队，他们一到十三编了号，登塔时报数，登上塔报数，赶末班车回来报数，回到酒店再报数。

据说他们是十点半才轮到登塔，在巴黎的最高点俯瞰整座城市，当然迷得不想回家了。等他们用百米冲刺的速度狂奔到末班车上时，是十二点三十分，三十三分火车就开了。到了终点站，巴士的末班车已经没有了，正好有两辆出租车，十三个人就挤上了这一大一小的车。最后狂欢的夜，他们结束在次日凌晨两点。问他们没有出租车怎么办？想好了，可以步行四十五分钟到酒店。

我真想再跟他们一起旅行下去。

附录

崖青文学世界的魅力

李明晏

在我主编《澳洲日报》文学副刊《澳洲华文作家创作园地》期间，澳洲知名女作家崖青的专栏《台灯下》，颇受读者欢迎。

我还记得，在一次读者座谈会上，崖青的一位忠实读者的发言，令我记忆犹新。他说，崖青的专栏，不仅他喜欢读，他上中学的女儿也爱读。这不仅仅是因为崖青的作品平和易懂，语言精彩隽永，更为重要的是，她的文学世界是对源自人性和天良的"真善美"的追求和讴歌。

其实，崖青是澳华文坛的迟到者。1996年她从上海移居到悉尼时，澳洲的几家大报和周报的文学副刊，已是人满为患。来自天南海北的一个个舞文弄墨者，已牢牢地占据了自己的文学领地，后来者只能见缝插针。可令人想不到的是，姗姗来迟的崖青，竟静悄悄地从默默无闻走到拥有众多粉丝的知名作家的行列。

我还记得几年前，新州作协举办的《崖青作品讨论会》

的盛况。在座无虚席的会场上，气氛热烈，发言者十分踊跃。给我留下深刻印象的是一位资深老作家对崖青作品的评论。他说，崖青给澳华文坛注入了春水般温馨的亮色，她的作品开阔的意境和深邃的主题，展现了新鲜而精彩的天地，为澳华文坛开创了一个独特的文学窗口。

在20世纪90年代初期，一个个写作高手，如同从阿拉伯魔瓶里飞出来的文学精灵，展翅飞翔在自由天地，似乎是在一个美妙的瞬间，就制造了澳华文坛的百花齐放。有人，一只手挣扎在社会底层，一只手呐喊浪迹天涯的苦难；有人，陶醉在美妙的西方爱情中，情不自禁地在众目睽睽之下，咏叹中西爱情的销魂；也有人，在文字战争中浴血奋战到头破血流，而一个个报业大小老板却笑逐颜开，在梦境中也抚摸那日益膨胀的私囊……

然而，当年澳华文坛的热热闹闹，正如俄罗斯诗人普希金在脍炙人口的《假如生活欺骗了你》中的诗句：

　　　　一切都是瞬息，
　　　　一切都会过去，
　　　　而那过去了的，
　　　　就是亲切的怀念。

崖青的微型小说，不少曾刊登在我主编的文学副刊中的

《台灯下》专栏。

那些在台灯柔和灯光下流溢出来的一篇篇微型小说，走进了无数读者温馨的台灯下。崔青用最洗练的语言，最鲜明的形象，以最短的距离，直击读者的心灵，唤起读者会心的微笑和内心的共鸣，产生强烈的心灵感应。

其中，令我印象十分深刻的是《旅伴》。

《旅伴》中的女知青探亲返家途中和一个乡下女人邂逅在火车上。崔青寥寥几笔，就活脱脱地展现了一个粗俗乡下女人的画像：

  我的座位是临窗的，行李刚上架，人还没坐稳，一个像山似的胖女人，一屁股落在我的旁边。一下子，我的地盘被她侵占了三分之一……

  她奋力急摇纸扇，把满身呛人的汗酸味，扇给我"分享"……

  她灰不溜秋的衣服上的斑斑汗渍活像一片片"盐碱地"……

其中的一些细节十分精彩。

女知青为了远离她身上的"盐碱地"，用背顶她，希望她自觉让开。可不管怎样明顶暗撞，她自岿然不动。于是，女知青"愤中生智，突然站起身，把胖女人闪倒在我的座位上"。

女知青在车轮滚动声中，走进了梦乡，在梦中出现了笑吟吟向她招手的父亲母亲，可从梦中醒来才发现，她是靠在旁边胖女人的胳膊弯里，"整个身子都斜在她的胸前。她用另外一只手轻轻给我扇着风"。

然而，就是这样一个令女知青十分厌恶的乡下女人，却用紧握在手上的买汽车票钱，为丢了钱包而身无分文的女知青拍了电报，而回家的几十里山路就能只靠她的两条腿了。"她身上的那片'盐碱地'不知又要多生产出几多盐分"。

崔青笔下的乡下女人，外表和内心强烈的反差，令读者感受到："善良是人性之最美"。而这，也是崔青文学世界永恒的主题。

细节是文学的生命。许多作家的作品之所以令人念念不忘，就是他们精彩的细节描写已深深刻在读者的记忆中。

我还记得，在我的作品讨论会上，一位文学老前辈，就我的文学创作，好话说完之后，就开诚布公地说，李明晏被人称为故事大王，在《澳洲日报》连载的长篇小说《澳洲C悲剧》，吸引了不少读者。但故事越编得精彩，文学价值就越低下，因为文学中最精彩的细节是无法编造的。再跌宕起伏的故事，也只是过眼云烟而已。澳洲有不少善于捕捉和运用细节的作家，崔青为其中之一。比如崔青的作品之所以给人深刻的印象，也是因为崔青作品中有些细节十分生动，她文字中常常有很细致的描写，令人过目不忘。

　　如此的直言不讳，如此的一针见血，何况又是在大庭广众之下！但我却没有一丝一毫的气恼，因为我心知肚明，我之所以头顶三届作协会长的头冠，满世界出席大大小小的国际华文作家会议；我之所以在澳洲、中国台湾和中国大陆数次获奖，并非因为我的文学水平有多高，而是脚踏异国土地的我，因展示外面世界的形形色色，因望眼世界的视觉独特，而博得了评委的青睐。我的小说中的确需要加强细节的刻画。

　　而崔青也并没有受宠若惊，得意扬扬，她十分平和地接受了一个老布尔什维克的关怀和厚爱。

　　崔青微型小说的另一特色，是明快清新的语言风格。她用极精练的语言，将世态人情写得栩栩如生，跃然纸上：

　　　　他的眼睛有点奇怪，有着两团碧莹莹的不肯熄灭的火焰。

　　　　他快乐的心情就像一颗沾满印泥的图章，往哪儿一敲，就是鲜红的一块。

　　　　在她迷蒙的眼睛中，荡漾着一种深重的惆怅，好像她经历了太多的伤心往事。

　　《心动如水》中的中国姑娘乔颖和一位身材颀长的西方

男子凯恩邂逅在火车站。

他那微曲的金发，深情款款的蓝眼睛，在乔颖的心中掀起了波浪。她隐隐约约地感觉到她和凯恩之间也许会发生什么，她甚至有点期待，可又不想它来得这么快。可接下来的两个星期六，乔颖都没有在火车站碰到凯恩，心里有一点点失落。在她等待凯恩出现的那一刻，崖青写道："身旁的瓶刷树上金黄色的瓶刷随风飘动，就像无数支爱神射出的箭头。"

这么简洁的一句，似乎浓缩了绘画和音乐的艺术手法，令我仿佛听到了舒伯特的小夜曲，看到了俄罗斯列维坦的风景画，触摸到小说人物的内心感受，而不由得想起了高尔基关于文学语言的真知灼见："真正的语言艺术总是非常纯朴，生动如画，而且几乎是肉体可以感触到的。应该写得能使读者看到语言所描写的东西，就像看到了可以触摸的实体一样。"

在我的评论收尾的时刻，我对崖青唯一的遗憾，是她至今还没有向长篇进军。也许，崖青此时此刻正在奋笔疾书她的长篇处女作。我祝福她！

小而有文，大有看点，自出韵致

——崔青微型小说简评

夏智定

小小说，或云微型小说，在今日之数码化时代尤具独特的吸引读者之特色，就如一首小诗必有诗味，即使是淡淡的诗意也是可称作好诗一样。小小说，其要旨则在于能让读者阅后能回味出或淡或深的人生感怀，而尤其高明者之作则有穿云裂帛之韵旨，令人心魂一醉，目光一亮，乃知篇幅中天地非小，凡人生之真正旨意，俱在眼前心中矣。

如今旅居澳洲的文友兼学友崔青女士，在我主编香港《大公报》文学版时即相识相知，她的散文来稿，清丽可喜。后来方知，她还是我的校友，即同为当年之上海复兴中学子弟也。

崔青的文笔，擅娓娓道来之功而可忽出奇思，加上女性独有的细腻观察力，故而在她的多种文学创作样式中，也以小小说而在海外华人文坛上占其一席之地。

所有的小小说作者都认同一点，即作品故事情节的构思和发展，最终必以"出乎意料之外，合乎情理之中"为主旨，唯此，方是如此短小篇章的一大看点。如在该集中的《放生》一文，以寥寥数笔而写出一对饱受金融风暴的夫妇之变故，由所饲家中金鱼缸中的数尾金鱼之最终被女方有意放生，而凄美地令双方分手离开，从而各自走向另一种"放生"境界。读完此篇，读者犹能感受到金融风暴对千家万户的侵害，思之叹惋不尽。

作为千千万万自内地出国奋斗的这一代人来说，这半生中的两种生活天地和心灵成长过程的纠结盘绕，其中的缠绵和勾魂般的种种初恋忆情，也被作者巧妙地以短小的篇幅描绘如新。即在《惊鸿一瞥》一章中，作者以精简笔力，概括了自"文革"至90年代这段漫长的沧桑岁月，刻画了中国当代历史上最布满坎坷经历的知识青年们的悲凄爱情故事，作品中的谢尼亚和愚叟，后来的各自的人生变迁和命运结局，令人读后为之掩卷长叹。而此类人物及其所谱之"长恨歌"，都很有典型性。

我相信作者曾读了不少世界著名的小说作家的作品，或莫泊桑，或欧·亨利，或马克·吐温，或契诃夫，故而她的作品中隐隐有一种发掘人生题材的手法与之相通，如她的《壁炉的秘密》等，细细品之，自有其妙。

小小说，在讽喻手法上使用起来也最见灵捷方便，如在《翠西的官司》一章中，在作者简洁的叙述过程中，很快便令读者读后失声大笑，也可窥见美国法律的固板和拘泥之一斑。

如今分布在世界各地的华人数逾千万，他们生活的天地和其中的悲欢际遇，也是华人作家群取之不尽的文学作品题材，作为澳大利亚华人作家中佼佼者之一的崖青，我为她这集采自其人生深处的小小说集的出版而感到由衷的高兴，也祝贺她写出更多好作品，不断地奉献于我们这个壮阔和多样的大时代。